우리 고전 다시 읽기

운영전

운영전

구인환(서울대 명예교수) 엮음

좋은 책 좋은 독자를 만드는 ─

(주)신원문화사

머리말

　수천년 동안 한 민족이 국가의 체제를 갖추어 연면한 역사와 전통을 계속해 왔다는 것은 인류 역사를 살펴봐도 그렇게 흔한 일이 아니다. 그리고 그 민족이 고유한 문자를 가지고 후세에 길이 전할 문헌을 남겼다는 것은 더욱 흔한 일이 아닐 것이다.

　이러한 면에서 볼 때 우리 한민족은 세계 어느 나라와 비교해도 손색없고, 자랑스러운 역사와 전통을 이어왔다. 우리 한민족은 5천 여 년의 기나긴 역사를 통하여 수많은 외세의 침략을 받아 백척간두의 국난을 겪으면서도 우리의 역사, 한민족 고유의 전통을 면면히 이어온 슬기로운 조상이 있었다. 이러한 까닭으로 오늘날 빛나는 민족의 문화 유산을 이어받은 것이다.

　고전 문학(古典文學)이란 실용성을 잃고도 여전히 존재할 만한 값어치가 있고, 시대와 사회는 변해도 항상 시대를 초월하여 혈연의 외침으로 우리의 공감대를 울려 주기에 충분한 문화적 유산이다. 그러므로 오늘을 사는 우리들은 조상의 얼이 담긴 옛

문헌을 잘 간직하여 먼 후손들에게까지 길이 이어주어야 할 사명감을 가져야 할 것이다.

고전 문학, 특히 국문학(國文學)을 규정하는 기준이 국어요, 나라 글자라면 우리 민족의 생활 감정을 표현한 국문 작품이야 말로 진정한 국문학이 된다 할 것이다.

그러나 우리 고유 문자의 탄생은 오랜 민족 역사에 비해 훨씬 후대에 이루어졌다. 이 까닭으로 우리 민족은 일찍부터 외국의 문자, 즉 한자가 들어와서 사용했다. 이처럼 우리 선조들이 고유 문자가 없음을 한탄할 때에, 세종조에 와서 마침 인재를 얻어 훈민정음이 창제되었다. 하지만 여전히 한자가 독보적인 행세를 하여 이 땅에 화려한 꽃을 피웠다. 따라서 표현한 문자는 다를지언정 한자로 된 작품도 역시 우리 민족의 생활 감정을 나타낸 우리의 문학 작품이다. 이러한 귀결로 국·한문 작품을 '고전 문학'으로 묶어 함께 싣기로 했다.

우리 글이 창제된 이후에도 우리 선조들의 손으로 쓰여진 서책이 수만 권에 달한다. 그 가운데에서 국문학상 뛰어난 몇몇 작품을 선정하는 것은 물론 산재해 있는 문헌의 자료를 수집하기 위해 숨어 간직되어 있는 작품을 찾아내는 것도 여간 어려운 일이 아니었다. 그럼에도 이만한 성과를 거두고 이만한 고전 문학 작품을 추리는 것은 현재를 삼는 우리의 당연한 책임이자 의무이다. 다만 한정된 지면과 미처 찾아내지 못한 더 많은 작품이 실리지 못한 것이 아쉬울 따름이다.

엮은이 씀

차
례

운영전

　수성궁(壽聖宮)은 안평대군(安平大君)[1]의 옛집이라. 장안성
(長安城) 서쪽이요, 인왕산(仁旺山) 아래에 있는지라, 산천이 수
려하여 용이 서리고 범이 일어나 앉은 듯하며, 사직(社稷)[2]이
그 남에 있고 경복궁이 그 동에 있었다. 인왕산의 산맥이 굽이
쳐 내려오다가 수성궁에 이르러서는 높은 봉우리를 이루었고,
비록 험준하지는 아니하나 올라가 내려다보면 아니 뵈는 곳이
없는지라, 사면으로 통한 길과 저자거리[3]며, 천문만호(千門萬
戶)가 밀밀층층하여 바둑을 헤친 듯하고 별을 벌였는 듯하여,
번화장려함이 이루 형용치 못할 것이요, 동쪽을 바라보면 궁궐
이 아득하여 구름 사이에 은영(隱映)하고 상서(祥瑞)의 구름과
맑은 안개가 항상 둘러 있어 아침 저녁으로 고운 자태를 자랑하

---

　1) 조선 시대 세종의 셋째 아들. 이름은 용, 호는 비해당. 수양대군이 김종서 등을 죽일 때
　　연루되어 강화도로 안치되었다가 사사됨. 시와 서화를 잘했음.
　2) 지금의 사직단.
　3) 시장거리.

니 짐짓 이른바 별유천지승지(別有天地勝地)였다.

한때 주도(酒徒)들은 몸소 가아(歌兒)와 적동(笛童)을 동반하고 놀았으며, 소인(騷人)[1]과 묵객(墨客)은 삼춘 화류시(花柳時)와 구추(九秋) 단풍절에 그 위에 올라 음풍영월(吟風詠月)하며 경치를 완상(玩賞)하느라 돌아가기를 잊으니, 산천의 아름다움과 경치의 좋음은 무릉도원(武陵桃源)[2]에 지남이 있더라.

이때, 남문 밖 옥녀봉(玉女峯) 아래에 한 선비가 살고 있었으니, 청파사인(靑坡士人) 유영(柳泳)이라. 그는 연기(年紀) 20여에 풍채가 준아(俊雅)하고 학문이 유여(有餘)하되, 가세(家勢)가 빈곤하여 의식(衣食)을 이을 길이 없는지라, 울적한 마음을 이기지 못하여 이곳의 경개(景槪)가 좋음을 익히 들었으며 한번 구경코자 하되, 의복이 남루하고 얼굴빛이 매몰(埋沒)하여 남의 웃음을 받을지라 머뭇거리다가 가 보지 못한 지가 오래되었다.

만력(萬曆) 신축(辛丑) 춘삼월 기망(旣望)에 탁주 한 병을 샀으나 동복(童僕)도 없고 또한 친근(親近)할 벗도 없는지라, 몸소 술병을 차고 홀로 궁문(宮門)으로 들어가 보니, 구경은 사람들이 서로 돌아보고 손가락질하면서 웃지 않는 이가 없었다. 유생(柳生)은 하도 부끄러워 몸둘 바를 모르다가 바로 후원(後苑)으로 들어갔다. 높은 데 올라서 사방을 바라보니, 새로 임진왜란을 갓 겪은 후라, 장안의 궁궐과 성안의 화려하였던 집들은 탕연(蕩然)하였다. 부서진 담도, 깨어진 기와도, 묻혀진 우물도, 흙덩어리가 된 섬돌도 찾아볼 수 없었다. 풀과 나무만이 우거져

---

1) 중국 초나라의 굴원이 지은 《이소부》에서 유래된 말로, 풍류를 즐기어 노래하고 읊는 사람. 문인 또는 시인.
2) 도연명의 《도화원기》에 나오는 이상세계. 세상과 동떨어진 별천지.

있었으며, 오직 동문(東門) 두어 간만이 우뚝 홀로 남아 있을 뿐
이었다.

유생은 천석(泉石)이 있는 그윽하고도 깊숙한 서원(西園)으로
들어갔다. 온갖 풀이 우거져서 그림자가 밝은 못에 떨어져 있었
고, 땅 위에 가득히 떨어져 있는 꽃잎은 사람의 발길이 이르지
아니하며 미풍이 일 적마다 향기가 코를 찔렀다.

유생은 바위 위에 앉아 소동파(蘇東坡)[3]가 지은 '아상조원춘
반로 만지낙화무인소(我上朝元春半老滿地落花無人掃)'[4]라는 시구
를 읊었다. 문득 차고 있던 술병을 풀어서 다 마시고는 취하여
바윗가에 돌을 베개삼아 누웠다.

잠시 후 술이 깨어 얼굴을 들어 살펴보니 유객은 다 흩어지고
없었다. 동산에는 달이 떠 있었고, 연기는 버들가지를 포근히
감쌌으며, 바람은 꽃잎을 어루만지고 있었다. 그때 한 가닥 부
드러운 말소리가 바람을 타고 들려왔다. 유영은 이상히 여겨 일
어나서 찾아가 보았다. 한 소년이 절세미인(絶世美人)과 마주앉
아 있다가 유영이 옴을 보고 혼연히 일어나서 맞이하였다.

유영은 그 소년을 보고 물었다.

"수재(秀才)는 어떠한 사람이어늘, 낮을 택하지 않고 밤을 택
해서 놀고 있느뇨."

소년은 빙긋 웃으며,

"옛 사람이 말한 '경개여고(傾蓋如故)'[5]란 말은 바로 우리를
두고 한 말이지요."

---

3) 중국 송나라의 시인이자 문장가. 이름은 식, 동파는 호. 당송 팔대가의 한 사람.
4) '내가 조원전에 오르니 봄이 벌써 깊어 땅에 가득한 낙화를 쓰는 이 없구나'의 뜻.
5) '한번 보고는 곧 친해진다'의 뜻으로, 《사기》의 '白頭如新傾蓋如故'에서 온 말.

하고 대답하였다. 그리하여 이들 세 사람은 같이 앉아서 이야기
를 시작하였다. 미인이 나지막한 소리로 아이를 부르니, 시녀
두 사람이 숲 속에서 나왔다. 미인은 그 아이들을 보고 이렇게
말하였다.

"오늘 저녁에 우연히 고우(故友)를 만났고, 또한 기약하지 않
았던 반가운 손님도 만났으니, 오늘 밤을 쓸쓸하게 헛되이 넘길
수가 없구나. 그러니 네가 가서 주찬을 준비하고, 아울러 붓과
벼루도 가지고 오너라."

두 시녀는 명령을 받고 갔다가 잠시 후 돌아왔다. 표연히 왕
래하는데 마치 나는 새와 같았다. 유리로 만든 술병과 술잔, 그
리고 자하주(紫霞酒)와 진기한 안주 등 모두 인간 세상의 것이
아니었다. 세 사람이 석 잔씩 마시고 나자, 미인이 새로운 노래
를 불러 술을 권하였다. 그 가사는 다음과 같았다.

깊고 깊은 궁 안에서 고운 임 이별하니,
천연은 미진한데 뵈올 길 바이 없네.
꽃 피는 봄날 애태우기 그 몇 번이뇨.
밤마다의 상봉은 꿈이지 참은 아니었네.
지난 일은 허물어져 티끌이 되었어도,
부질없이 나로 하여 눈물짓게 하누나.
重重深處別故人 天緣未盡見無因
幾番傷春繁華時 爲雲爲雨夢非眞
消盡往事成塵後 空使今人淚滿巾

노래를 마치고 나서 한숨을 쉬면서 흐느끼니, 구슬 같은 눈물

이 얼굴을 덮었다. 유영은 이상히 여겨 일어나 절하고 물었다.

"내 비록 양가(良家)에 태어난 몸은 아니오나, 일찍부터 문묵(文墨)에 종사하여 조금 문필(文筆)의 공(功)을 알고 있거니와, 이제 그 가사를 들으니 격조가 맑고 뛰어났으나, 시상(詩想)이 슬프니 매우 괴이하구료. 오늘 밤은 마침 월색이 낮과 같고 청풍이 솔솔 불어오니 이 좋은 밤을 즐길 만하거늘, 서로 마주 대하여 슬퍼함은 어인 일이오. 술잔을 더함에 따라 정의가 깊어졌어도 성명을 서로 알지 못하고 회포도 풀지 못하고 있으니, 또한 의심하지 않을 수 없구료."

유영은 먼저 자기의 성명을 말하고, 강요하였다. 이에 소년은 대답하였다.

"성명을 말하지 아니함은 어떠한 뜻이 있어 그러하온데, 당신이 구태여 알고자 할진대 가르쳐 드리는 것이 무엇이 어려우리까마는, 말을 하자면 장황합니다."

그리고는 수심 띤 얼굴을 하고 한참 있다가 입을 열어 말하였다.

"나의 성은 김(金)이라 합니다. 나이 10세에 시문(詩文)을 잘하여 학당(學堂)에서 유명하였고, 나이 14세에 진사 제2과(進士第二科)에 오르니, 일시에 모든 사람들이 김진사(金進士)라고 부릅니다. 제가 나이어린 호협한 기상으로 마음이 호탕함을 능히 억누르지 못하고, 또한 이 여인으로 하여 부모의 유체(遺體)를 받들고서 마침내 불효의 자식이 되고 말았으니, 천지간에 한 죄인의 이름을 억지로 알아서 무엇하리까. 이 여인의 이름은 운영(雲英)이요, 저 두 여인의 이름은 하나는 녹주(綠珠)요, 하나는 송옥(宋玉)이라 하는데, 모두 옛날 안평대군의 궁인이었습니다."

유영은,

"말을 하였다가 다하지 아니하면 처음부터 말하지 않은 것만 같지 못합니다. 안평대군의 성시(盛時)의 일이며, 진사가 상심하시는 까닭을 자상히 들을 수 없겠소."

하고 청하였다. 진사가 운영을 돌아보면서 말하였다.

"성상(星霜)이 여러 번 바뀌고 일월(日月)이 오래 되었는데, 그때의 일을 그대는 능히 기억할 수 있겠소."

"심중에 쌓여 있는 원한을 어느 날인들 잊으리까. 제가 이야기해 볼 것이오니, 낭군님이 옆에 계시다가 빠지는 것이 있거든 보충하여 주옵소서."

하고는 이야기를 시작하였다.

세종대왕(世宗大王)의 왕자 8대군(大君) 중에서 안평대군이 가장 영특하셨어요. 그래서 상(上)[1]께서 매우 사랑하시어 무수한 전민(田民)과 재화를 상사(賞賜)하시니, 여러 대군 중에서 가장 나으셨답니다.

나이 13세에 사궁(私宮)에 나와서 거처하시며 궁명을 수성궁(壽聖宮)이라 하였습니다. 스스로 유업(儒業)에 힘써 밤에는 독서하고, 낮에는 시를 읊거나 글씨를 쓰면서 일각이라도 방과(放過)치 아니하셨습니다. 그때의 문인재사(文人才士)들이 모두 그 문하(門下)에서 그 장단을 비교하였고, 혹 새벽닭이 울어도 그치지 않고 담론(談論)하였습니다. 대군은 특히 필법(筆法)이 뛰

---

1) 세종대왕을 가리킴.

어나 일국에 이름이 났어요.

문종대왕(文宗大王)이 아직 세자(世子)로 계실 적에 매양 집현전(集賢殿)[2]의 여러 학사(學士)와 같이 안평대군의 필법을 논평하시기를,

"우리 아우가 만일 중국에 태어났더라면, 비록 왕희지(王羲之)[3]에게는 미치지 못하겠지만, 어찌 조맹부(趙孟頫)[4]의 뒤에 가리요."

하시며 칭찬하시기를 마지아니하였습니다. 하루는 대군이 저희들을 보시고 이렇게 말씀하셨습니다.

"천하의 모든 재사(才士)는 반드시 안정한 곳에 나아가서 갈고 닦은 후에야 학문을 이룰 수 있는 법이니라. 도성(都城) 문밖은 산천이 고요하고 인가에서 좀 떨어졌으니 업(業)을 닦으면 대성할 수 있을 것이다."

그리고는 곧 그 위에다 정사(精舍)[5] 여남은 간을 짓고, 당명을 비해당(匪懈堂)[6]이라 하였습니다. 또한 그 옆에다 단(壇)을 구축하고 맹시단(盟詩壇)이라 하였으니, 다 명(名)을 돌아보고 의(義)를 생각하신 뜻이었지요. 이때의 문장(文章)과 거필(巨筆)들이 그 단상에 모두 모이니, 문장에는 성삼문(成三問)[7]이 으뜸

---

2) 조선 시대 초기에 경적·전고·진강 등에 관한 일을 맡은 관아. 이곳에서 훈민정음의 창제 등 많은 문화 사업을 했음.

3) 중국 진(晉)나라 때의 서가. 해서·행서·초서의 삼체를 전아하고 웅경하며 귀족적인 서체로 완성했음.

4) 중국 원나라 초기의 문인. 서화·시문을 잘했으며, 글씨는 진당(晉唐)의 종(宗)으로 하고, 그림은 원대의 4대가로 꼽힘.

5) 학문을 가르치려고 베푼 집. 정신을 수양하는 곳.

6) 비해당은 안평대군의 호로, 그의 호를 따서 당명을 지었음.

7) 조선 세종 때의 충신. 호는 매죽헌, 자는 근보. 사육신의 한 사람.

이었고, 필법(筆法)에는 최홍효(崔興孝)[1]가 으뜸이었습니다. 비록 그러하오나 모두 대군의 재주에는 미치지 못하였지요. 하루는 대군이 술에 취하셔서 궁녀더러 말씀하셨습니다.

"하늘이 재주를 내리심에 있어서, 어찌 남자에게만 풍부하게 하고 여자에게는 적게 하셨겠느냐. 지금 세상에 문장가로 자처하는 사람이 많지만 모두 능히 상대할 수는 없다. 아직 특출한 사람이 없으니, 너희들도 또한 힘써 공부하여라."

그리고는 궁녀 중에 나이가 어리고 얼굴이 아름다운 열 명을 골라서 가르치기 시작하셨습니다.

먼저 《소학언해(小學諺解)》[2]를 가르쳐서 암송시킨 후에 《중용(中庸)》·《대학(大學)》·《맹자(孟子)》·《시경(詩經)》·《서경(書經)》·《통감(通鑑)》·《송서(宋書)》 등을 차례로 가르치고 또 이두당음(李杜唐音)[3] 수백 수를 뽑아 가르치시니, 과연 5년 안에 모두 대성하였지요. 대군은 바깥에서 돌아오시면 저희들로 하여금 대군의 눈앞에서 떠나지 못하게 하시고 상벌을 밝히 하여 권장하시니, 그 탁월한 기상은 비록 대군에게는 미치지 못하였지만, 음률(音律)의 청아(淸雅)함과 구법(句法)의 완숙(婉熟)함은 또한 성당(盛唐) 시인의 울타리를 엿볼 수 있었습니다.

열 명의 이름은 곧 소옥(小玉)·부용(芙蓉)·비경(飛瓊)·비취(翡翠)·옥녀(玉女)·금련(金蓮)·은섬(銀蟾)·자란(紫鸞)·보련(寶蓮)·운영(雲英)이니, 운영은 바로 저였어요. 대군은 모두

---

1) 조선 태조 때에 과거에 급제함.
2) 《소학》은 유자징이 주희의 가르침을 받아 적은 책. 《소학언해》는 《소학》을 한글로 풀어 새긴 책.
3) 이두는 이백과 두보, 당음은 당시를 모은 것.

몹시 사랑하시어 항상 궁내에 있게 하시고, 바깥 사람과는 더불어 이야기도 못 하게 하셨습니다. 날마다 문사(文士)들과 같이 술을 마시면서 시재를 다투었지만, 아직 한 번도 첩[1]들을 가까이하지 못하게 하셨음은, 바깥 사람이 혹 알까 봐 두려워서였지요.

그래서 항상 영(令)을 내리셨습니다.

"시녀로서 한 번이라도 궁문을 나가는 일이 있으면 그 죄는 죽음에 당할 것이다. 또 외인이 궁녀의 이름을 아는 이가 있다면 그 죄도 또한 죽음을 면하지 못할 것이다."

하루는 대군이 바깥에서 돌아와 저희들을 불러 놓고 말씀하셨습니다.

"오늘 문사 모모(某某)와 술을 마시고 있는데, 상서로운 푸른 연기가 궁중의 나무로부터 일어나, 혹은 성첩(城堞)을 에워싸고 혹은 산록(山麓)을 날고 있었다. 내가 오언일절(五言一絶)을 읊고 나서 객으로 하여금 차운(次韻)하라 하였으나, 하나도 마음에 드는 것이 없었다. 너희들은 나이 순대로 각각 지어 올려라."

그래서 먼저 소옥이 지어 올렸고, 다음엔 차례대로 부용·비취·비경·옥녀·금련·은섬·자란과 첩 그리고 보련이 각각 지어 올렸습니다.

푸른 연기는 가늘기 비단 같은데,
바람 따라 문으로 들어오네.

---

1) 예전에 여자가 자기 몸을 낮추어 일컫던 말.

짙어지는 듯 옅어지니,
황혼이 다가옴도 미처 몰랐네.
綠烟細如織 隨風伴入門
依微深復淺 不覺近黃昏

하늘로 날아 올라 비를 몰아 오니,
땅으로 떨어졌다 다시 구름 되네.
저녁이 다가오니 산빛은 어두운데,
깊은 생각은 초군을 그린다네.
飛空逢帶雨 落地復爲雲
近夕山光暗 幽思向楚君

꽃이 시드니 벌은 기운을 잃고,
대밭이 울밀하니 새는 보금자릴 찾지 못하네.
황혼에 부슬비 내리니,
창 밖에 빗방울 떨어지는 소리를 듣노라.
覆花蜂失勢 寵竹鳥迷巢
黃昏成小雨 窓外聽蕭蕭

작은 은행나무 우거지기 어려운데,
홀로 선 대나무는 저마다 푸르구나.
가벼운 그늘은 잠시 무거울 뿐,
해가 지면 또다시 황혼이 오네.
小杏難成眼 孤篁獨保青
輕陰暫見重 日暮又昏冥

해를 가린 엷은 집은 가늘기도 한데,
산에 비낀 푸른 띠는 길기도 하네.
미풍에 불려 점점 사라지니,
남은 것은 촉촉한 작은 연못뿐이어라.
蔽日輕紈細 橫山翠帶長
微風吹漸散 猶濕小池塘

산 밑에 가득한 연기 쌓이고 쌓여,
궁전의 나뭇가를 비껴 흐르누나.
바람에 불리어 가누지를 못하는데,
저녁 햇빛은 푸른 하늘에 가득하구나.
山下寒烟積 橫飛宮樹邊
風吹自不定 斜日滿蒼天

산골짜기엔 검은 그늘 일어나고,
못 가에는 푸른 그림자 흐르누나.
날아서 돌아가니 찾을 길 바이 없고,
연잎엔 구슬 같은 이슬만이 남아 있구나.
山谷繁陰起 池臺綠影流
飛歸無處覓 荷葉露珠留

이른 아침 동문은 아직 어두운데,
연기 비껴 높은 나무 낮아 보이네.
깜짝하는 사이에 홀연 날아 올라,
서쪽 산 앞내로 가 버리누나.

早向洞門暗 橫連高樹低
須臾忽飛去 西岳與前溪

멀리 바라보니 푸른 연기 가늘기도 한데,
미인은 깁짜기를 멈추네.
바람을 쏘이며 홀로 슬퍼하니,
생각은 날아 무산에 떨어지네.
望遠青烟細 佳人罷織紞
臨風獨惆悵 飛去落巫山

골짜기는 봄 그늘에 덮여 있고,
장안은 물 기운에 싸여 있네.
능히 인간 세상을 명하니,
홀연 취주궁이 되누나.
短壑春陰裡 長安水氣中
能令人世上 忽作翠珠宮

대군이 보기를 마치고 나서 크게 놀라시며 말씀하셨어요.
"비록 만당(晚唐)의 시에 비교하더라도 또한 백중(伯仲)하여
근보(謹甫)[1] 이하는 채찍도 잡지 못하겠군."
그리고 재삼 음미하셨습니다. 그래도 고하(高下)를 알지 못하
시더니 얼마 후에야 말씀하셨어요.
"부용의 시상(詩想)은 초군(楚君)을 그리워하고 있어 내 매우

___
1) 조선 세종 때의 충신이며 사육신의 한 사람인 성삼문의 자.

가상히 여기는 바이며, 비취의 시는 소아(騷雅)[2]와 비할 만하고, 옥녀의 시는 의사가 표일(飄逸)하고 말구(末句)에 은은한 여의(餘意)가 있으니, 이 두 시로 마땅히 으뜸을 삼아야 하겠다."

그리고는 또 말씀하셨습니다.

"내 처음 볼 때에는 우열을 판단할 수 없다가 다시 음미하여 생각해 보니, 자란의 시의 의사가 심원(深遠)하여 사람으로 하여금 찬탄하다가 춤을 추기 시작하는 것도 깨닫지 못하게 하는 바가 있고, 남은 시도 다 맑고 좋으나, 홀로 운영의 시만이 뚜렷이 외로이 사람을 그리워하고 있는 뜻이 있구나. 어떠한 사람을 생각하고 있는지는 알 수 없으니 마땅히 심문을 하여야 하겠지만, 그 재주를 가상히 여기는고로 잠시 그냥 두겠노라."

저는 즉시 뜰에 내려가 엎드려 울면서 대답하였습니다.

"시를 지을 때에 우연히 떠오른 것이오니, 어찌 다른 뜻이 있겠사옵니까. 이제 대군께 의심을 샀으니 저는 만번 죽어도 애석한 일이 없겠습니다."

대군은 앉기를 명령하시면서,

"시는 성정(性情)에서 나오는 것이므로, 가리거나 숨길 수 없는 것이니 너는 다시는 말하지 말라."

하시고는 곧 비단 열 필을 내어 다섯 명에게 나누어 주셨어요. 대군은 저에게 한 번도 뜻을 둔 일이 없었으나 궁인들은 모두 대군의 뜻이 저에게 있는 줄로 알고 있었지요.

열 명은 다 동쪽 방으로 물러나와 촛불을 높이 켜 놓고 칠보서안(七寶書案)[3]에다 당률(唐律) 한 권을 갖다 놓고, 옛날 궁녀

---

2) 시문을 짓고 읊는 풍류의 도.

3) 칠보, 즉 금·은·마노·유리·거거·진주·매괴의 일곱 가지 보물로 장식된 책상.

들이 지은 시의 고하를 논하였습니다. 그러나 저만이 홀로 병풍에 기대어 수심에 잠긴 채 입을 열지 않고 있으니, 그 형상은 진흙으로 만든 사람과 같았습니다.

소옥이 저를 돌아보면서 말하였어요.

"낮에 지은 부연시(賦煙詩)로 인하여 대군의 의심을 샀다 하여 숨은 근심이 되어 말하지 않느냐, 그렇지 않으면 대군의 뜻이 비단 이불 속에 있으므로, 그 이불 속의 즐거움을 당하여 가만히 기뻐하느라고 말하지 않느냐. 너의 마음속에 품고 있는 바를 도무지 알 수가 없구나."

"내 어찌 나의 마음을 모르겠니. 내 방금 이 한 수를 생각하다가 기구(奇句)를 얻지 못하여 곰곰 생각하느라고 말하지 않았을 뿐이란다."

은섬은,

"뜻이 다른 데 가 있고 마음에 있지 아니한 까닭으로 옆사람의 말을 바람이 귀를 스쳐가듯이 하니, 네가 말하지 않음을 알기가 어렵지 않다. 내가 시험해 볼 것이니, 저 창 밖의 포도를 시제(詩題)로 하여 칠언사운(七言四韻)[1]을 지어 보아라."

하며 재촉하기에 저는 말이 떨어지자마자 바로 지어 내니, 그 시는 다음과 같았어요.

꾸불꾸불 덩굴은 용이 움직이는 듯하고,
푸른 잎 그늘 이뤄 문득 풍치를 자아내누나.
더운 날의 맹위는 환히 비치고,

---

1) 한 구가 일곱 자로 된 한시의 한 체.

흐린 하늘 찬 그림자 도리어 밝아라.

덩굴은 뻗어 정을 둔 듯 난간을 감고,

열매 맺어 구슬인 양 드리니 따다가 효성을 본받고자

행여 다른 날 변화하길 기다려,

비구름을 몰아 타고 삼청궁에 오르리라.

蜿蟺藤草似龍行 翠葉成陰忽有情

暑日嚴威能徹照 晴天寒影反虛明

抽絲攀檻如留意 結果垂珠欲效誠

苦待他時應變化 會乘雨雲上三淸

소옥이 시를 보더니 절하고 말하였습니다.

"정말로 천하의 기재(奇才)로구나. 품격이 높지 아니함은 구조(舊調)와 같은 바가 있으나 창졸간에 이와 같이 지어 냈으니, 이것이 시인으로서는 가장 어려운 바이다. 내 마음으로 기뻐하고 복종함은 정말로 칠십제자(七十弟子)[2]가 공자에게 복종하는 것과 같으니라."

자란이,

"말을 삼가야 하는데, 어찌 그렇듯이 지나친 칭찬을 하느냐. 다만 문자가 완곡(婉曲)하고 또한 비등(飛騰)하는 듯한 태(態)가 있다면 그러한 것은 있구나."

하니, 모든 사람이 다,

"정확한 평이로군."

하더이다. 저는 비록 이 시로써 모든 의심을 푼 셈이나, 그래도

---

1) 공자의 72제자를 가리킴.

다 풀리지는 않은 것 같았어요. 이튿날 문 밖에서 요란한 수레 소리가 들려오더니, 문지기가 쫓아 들어와서 고하기를,

"여러 손님이 오셨습니다."

하므로, 대군께서 동각(東閣)을 소제하게 하고 맞아들이시니 모두가 문인과 재사였습니다. 자리를 정하고 나서 대군께서 저희들이 지은 부연시를 내보이시니, 모두 크게 놀라면서 말하였습니다.

"뜻밖에 오늘 성당(盛唐)의 음조(音調)를 다시 보는 것 같습니다. 우리로서는 견줄 바가 못 됩니다. 이와 같은 지보(至寶)를 어떻게 해서 얻었습니까."

대군은 미소를 지으면서 말씀하셨습니다.

"무엇이 그러하오. 종녀석이 우연히 길에서 주워 가지고 왔으므로, 어떤 사람이 지었는지 알 수 없거니와, 생각컨대 필시 여염집 재주 있는 여인의 손에서 나왔을 것이오."

여러 사람이 의심을 풀지 못하고 있는데, 조금 있다가 성삼문(成三問)이 말하였어요.

"재주를 다른 시대에서 빈 것이 아니오. 전조(前朝)로부터 지금에 이르기까지 100여 년 동안 시로써 동국(東國)의 이름을 날린 자는 그 수를 헤아릴 수 없습니다. 그러나 혹은 침탁(沈濁)해서 불아(不雅)하고, 혹은 경청(輕淸)하고 부조(浮躁)하여 모두 음률에 맞지 않고 성정(性情)을 잃었습니다. 이제 이 시를 보니, 풍격(風格)이 청진(淸眞)하고 사의(思意)를 초월(超越)하여 조금도 진세(塵世)의 태가 없습니다. 이 시는 반드시 심궁(深宮)에 있는 사람이 속인과 서로 접하지 아니하고, 다만 고인의 시를 읽고 밤낮으로 읊고 외어서 스스로 마음에 체득(體得)한 것입니

다. 그 뜻을 자세히 음미해 보면 '임풍독추창(臨風獨惆悵)'[1]이라고 한 구절은 뚜렷이 사람을 생각하는 뜻이 있고, '풍취자부정(風吹自不定)'[2]이라고 한 구절은 난보(難保)의 태가 있고, '고황독보청(孤篁獨保靑)'[3]이라고 한 구절은 정절을 지키는 뜻이 있고, '유사향초군(幽思向楚君)'[4]이라 한 구절은 군왕에 대한 정성이 있고, '하엽로주류(荷葉露珠留)'[5]와 '서악여전계(西岳與前溪)'[6]라고 한 구절은 천상의 신선이 아니면 이와 같은 표현을 할 수 없을 것입니다. 격조(格調)에는 비록 고하가 있으나 닦은 기상은 모두 같습니다. 궁중에 반드시 열 명의 여선(女仙)을 기르고 있을 것이니, 원하건대 숨기지 마시고 한번 보여 주옵소서."

대군은 속으로는 스스로 탄복하면서도 겉으로는 고개를 끄덕이지 아니하고 말씀하셨습니다.

"누가 근보더러 시감(詩鑑)을 하라고 하였는가. 나의 궁중에 어찌 그러한 사람이 있으리요. 의심도 심하군."

이때 열 명은 창 틈으로 가만히 엿듣고는 즐거워하고 탄복하지 않는 사람이 없었지요. 그날 밤 자란이 지성으로 저에게 말하였습니다.

"여자로 태어나서 시집가고자 하는 마음은 누구나 가지고 있단다. 네가 생각하고 있는 애인이 어떠한 사람인지는 내 알지

---

1) '바람을 임해 서서 홀로 설워한다'의 뜻.
2) '바람이 불매 스스로 정(定)치 못한다'의 뜻.
3) '외로운 대나무는 홀로 푸르기를 도왔다'의 뜻.
4) '그윽한 생각이 초나라 임금을 향한다'의 뜻.
5) '연잎에 이슬 맺힌 구슬이 머물다'의 뜻.
6) '서편 묏부리요, 다못 앞 시내'의 뜻.

못한다. 하지만 너의 안색이 날로 수척해 가므로, 안타까이 여겨 내 지성으로 물으니 조금도 숨기지 말고 이야기해 주기를 바란다."

저는 일어나 사례하며,

"궁인이 하도 많아 남이 엿들을까 두려워 말을 못 하거니와, 이제 지극한 우정으로 묻는데 어찌 감히 숨길 수 있겠니."

하고는 이야기해 주었습니다.

지난 가을 국화꽃이 피기 시작하고 단풍이 떨어지기 시작할 때, 대군이 서당에 홀로 앉아 시녀를 시켜 먹을 갈로 비단을 펴게 하고서 칠언사운 10수를 쓰시고 있었는데, 이때 동자가 들어와 고하더구나.

"나이 어린 선비가 김진사라 자칭하면서 뵈옵겠다 하옵니다."

대군이 기뻐하시면서,

"김진사가 왔구나."

하시고는 맞아들이게 한즉, 베옷을 입고 가죽띠를 띤 선비가 빠른 걸음으로 섬돌에 오르는데, 그 모습은 마치 새가 날개를 펴는 것과 같더라. 자리에 와서 절을 하고 앉는데, 얼굴과 거동은 신선계의 사람 같더구나.

대군이란 한 번 보고 마음을 기울여 곧 자리를 옮겨 마주앉으니, 진사가 자리를 피하여 절하고 사례하며,

"외람되이 많은 사랑을 입고 여러 번 존명(尊命)을 욕되게 하고 있다가 이제사 인사를 올리게 되오니, 황송하기 이루 말할 수 없사옵니다."

하더구나. 대군이 위로하여 말씀하시기를,

"오래 전부터 명성을 우러러 듣고 있다가 앉아서 인사를 받게 되니 영광이 온 집안에 가득하고 나에게 온갖 광명을 주었소."

하시더구나. 진사는 처음 들어올 때에 이미 우리와 상면하였으나, 대군은 진사가 나이가 어리고 착하므로, 마음속으로 어렵게 여기지 아니하시고 우리로 하여금 피하도록 하지 아니하셨지. 대군이 진사를 보고 말씀하시기를,

"가을 경치가 매우 좋으니, 원컨대 시 한 수를 지어 이 집으로 하여금 광채(光彩)가 나도록 하여주오."

하시니, 진사가 자리를 피하고 사양하며 말하더라.

"헛된 이름이 사실을 어둡게 하고 말았습니다. 시의 격률(格律)을 소자가 어찌 감히 알겠습니까."

대군은 금련으로 노래하게 하고, 부용으로 거문고를 타게 하고, 보련으로 단소[1]를 불게 하고, 나로써 벼루를 받들게 하시니, 그때 내 나이는 17세였단다. 낭군을 한번 보매 정신이 어지러워지고 가슴이 울렁거렸으며, 진사 또한 나를 돌아보면서 웃음을 머금고 자주 눈여겨보더라.

대군이 진사를 보고 말씀하시기를,

"나는 그대를 진심으로 기다렸노라. 그러한데 그대는 어찌하여 구슬같이 맑고도 고운 목소리를 한번 토하기를 아껴서 이 집으로 하여금 무안케 하느뇨."

하니, 이에 진사가 붓을 잡고 오언사운(五言四韻)을 쓰는데, 그

---

1) 국악에 쓰이는 관악기의 한 가지.

시는 이러하였지.

기러기 남을 향해 가니,
궁 안에 가을 빛이 깊도다.
물이 차 연꽃은 구슬 되어 꺾이고,
서리 무거워 국화는 금빛으로 드리우네.
비단 자리엔 홍안의 미녀요,
옥 같은 거문고 줄엔 백설 같은 음일세.
유하주 한 말에 먼저 취하니,
몸을 가누기 어려워라.
旅鴈向南去 宮中秋色深
水寒荷折玉 霜重菊垂金
綺席紅顔女 瑤絃白雲音
流霞一斗酒 先醉急難禁

대군이 재삼 읊다가 놀라면서 말씀하시기를,
"진실로 이른바 천하의 기재로다. 어찌 서로 만나기가 늦었
던고."
하시었고, 우리들 시녀 열 명도 일시에 서로 돌아보면서 얼굴빛
을 움직이지 않는 사람이 없었지. 이구동성으로 말하기를,
"이는 반드시 왕자진(王子晉)[1]이 학을 타고 진세(塵世)에 오
신 것이다. 어찌 이와 같은 사람이 있으리요."
하였지. 대군이 잔을 잡으면서 묻기를,

---

1) 중국 주나라 영왕의 태자로, 직간하여 폐해 서인이 됨. 《열선전》에는 생황을 즐겨 불고
학을 타고 놀았다고 함.

"옛 시인 중에서 누가 종장(宗匠)이 되겠느뇨."

하시니, 진사는 이렇게 대답하더구나.

"저의 소견으로 말해 볼 것 같으면, 이백(李白)은 천상의 신선으로 오래도록 옥황상제(玉皇上帝)의 향안(香案) 앞에 있다가, 곤륜산(崑崙山)2) 현포(玄圃)3)에 내려와 놀면서 옥액(玉液)을 다마시고 취흥을 이기지 못하여, 만 가지 나무의 기화(琪花)를 꺾고 비바람을 따라 인간에 떨어진 기상이옵니다. 또 노왕(盧王)4)은 해상선인(海上仙人)으로, 일월이 출몰함과, 구름이 변화함과, 창파가 동요함과, 경어(鯨魚)가 분출함과, 도서(島嶼)가 창망함과, 초목이 울밀함과, 갈대의 꽃 마름의 잎사귀와 물새의 노래와 교룡(蛟龍)의 눈물 등을 전부 가슴에 품고 있으니, 이것이 시의 조화(造化)로소이다. 당(唐)나라 시인 맹호연(孟浩然)5)은 음향이 가장 높으니, 이는 진(晉)나라 음악가 사광(師曠)에게 배워 음률을 습득한 사람입니다. 또 당(唐)나라 시인 이의산(李義山)6)은 선술(仙術)을 배워 일찍부터 시마(詩魔)를 부렸으며, 일생에 지은 글이 귀어(鬼語) 아님이 없습니다. 이 외에도 다 자기의 특색을 가지고 있으니 어찌 다 말씀드리겠습니까."

"날로 문사(文士)와 같이 시를 논하되, 두보(杜甫)로써 으뜸을

---

2) 중국 전설 속에 나오는 산. 처음에는 하늘에 이르는 높은 산, 또는 아름다운 옥이 나는 산으로 알려졌으나 전국 시대 말기부터는 서왕모가 살며 불사(不死)의 물이 흐르는 신선경이라고 믿었음.

3) 곤륜산에 있다는 선인의 거처.

4) 중국 당나라 초기의 4걸인 왕발 · 양형 · 낙빈왕 · 노조린의 노조린과 왕발을 가리킴.

5) 중국 당나라의 시인. 녹문산에 숨어 오언시에 뛰어났으며, 뒤에 경사에 나아가 명성을 떨쳤음.

6) 중국 당나라의 시인 이상은. 의산은 자. 관료로서는 불우했으나 시에 있어서는 정밀하고 화려해서 송나라 초기의 화미한 서곤체시의 기본이 되었음.

삼는 이가 많거니와 이것은 무엇 때문인가."

"그렇습니다. 속유(俗儒)들이 숭배하는 바로써 말씀드릴 것 같으면, 회자(膾炙)가 사람의 입을 즐겁게 하는 것과 같소이다."

"백제(百濟)가 구비하고 비흥(比興)이 지극한데, 어찌하여 두보를 가볍게 보는고."

"제가 어찌 감히 경하게 보겠습니까. 그 좋은 점을 말할 것 같으면, 곧 한무제(漢武帝)가 미앙궁(未央宮)[1]에 앉아 오랑캐가 중원(中原)을 침공하는 것을 통분히 여기고서 장수에게 명하여 치게 할 때 백만 군사가 수천 리를 이은 것과 같고, 그 아름다운 점을 말할 것 같으면, 한(漢)나라의 사마상여(司馬相如)[2]가 장양부(長楊賦)[3]를 읊고, 사마천(司馬遷)이 봉선문(封禪文)을 초(草)한 것과 같으며, 그 신선을 구하는 것인즉, 한(漢)나라 동방삭(東方朔)[4]이 좌우에 서왕모(西王母)를 모시고 상제(上帝)에게 천도(天桃)를 올리는 것과 같으니, 이것이 두보(杜甫)의 문장(文章)이요, 백체(百體)를 구비하였다고 말할 수 있습니다. 이백(李白)에 비교한다면, 하늘과 땅이 같지 않고, 강과 바다가 같지 않음과 같습니다. 또 왕유(王維)와 맹호연(孟浩然)[5]에 비한다면, 자미(子美)[6]가 말을 몰아 앞서가고 왕유와 맹호연이 채찍을 잡

---

1) 중국 한나라 궁전의 이름.
2) 중국 한나라 때의 사인.
3) 중국 한나라 무제 때 진황후가 왕의 총애를 잃게 되고, 상여가 돌아가자 천자가 그의 집에 가 보았는데, 책은 한 권도 없고 다만 봉선문초(封禪文草)가 있었다고 함.
4) 중국 한나라 때의 직신(直臣). 삼천갑자동방삭이라고 해서 신선에 가탁됨.
5) 왕유와 맹호연 모두 당나라 때의 시인.
6) 두보의 자.

고 길을 다투는 것과 같습니다."

"그대의 말을 들으니 가슴속이 시원하여 긴 바람을 타고 태청궁(太淸宮)[7)]에 올라가는 것과 같구료. 다만 두보의 시는 천하의 고문(高文)이라 비록 악부(樂府)에는 족하지 않지만, 어찌 왕맹(王孟)과 같이 길을 다투랴. 비록 그러하나 이만 그치고, 그대에게 원하건대 또 한번 시를 지어 이 집으로 하여금 더욱 빛나게 하여주오."

진사는 곧 칠언사운 한 수를 읊으니 그 시는 이러하더라.

연기 흩어진 금빛 못에는 이슬 기운 차디찬데,
푸른 하늘 물결인 양 맑고 밤은 어이 그리 기뇨.
미풍은 뜻이 있어 주렴을 걷고,
흰 달은 정이 많아 작은 방에 들어오네.
뜰에 그늘 지니 소나무 도리어 그림자 일고,
잔 속의 술 맑음은 꽃향기 떠돎이라.
원공이 몸은 작았으나 자못 잘도 마셨으니,
괴상타 하지 마오, 술로 취하고 또 미치는 것을.
烟散金塘露氣凉 碧天如水夜何長
微風有意吹垂箔 白月多情入小堂
夜畔隱開松反影 盃中波好菊留香
院公雖小頗能飮 莫怪瓮間醉後狂

대군은 더욱 기특하게 여기시고 앞으로 다시 앉으시면서 진

---

1) 천상. 천상 삼청궁의 하나, 하늘나라 옥황상제가 살고 있다는 궁전.

사의 손목을 잡고 말씀하시더라.

"진사는 금세(今世)의 재사가 아니오. 나로서는 그 고하를 논할 수 없소. 한갓 문장과 필법이 능할 뿐만 아니라, 또한 신묘(神妙)함을 다하였으니, 하늘이 그대를 동방(東方)에 태어나게 함은 반드시 우연한 일이 아니오."

진사가 붓을 휘날릴 때 먹물이 나의 손가락에 잘못 떨어지니, 마치 파리의 날개와 같더구나. 내가 이것을 영광스럽게 여기고서 씻어 버리지 않았더니, 좌우의 궁인들이 모두 바라보고 빙그레 웃으면서 등용문(登龍門)[1]에 비하더군. 밤이 깊어져 시간을 재촉하거늘, 대군이 몸을 가누지 못하고 졸면서 말씀하시더라.

"내 취하였도다. 그대도 물러가 쉬고서 '명조유의포금래(明朝有意抱琴來)'[2]라는 시구를 잊지 말지어다."

이튿날 대군은 재삼 그 두 수의 시를 읊고 탄복하며 말씀하시기를,

"마땅히 근보와 더불어 자웅을 다툴 수 있으나, 그 청아(淸雅)한 시태(時態)에 있어서는 앞섬이 있을 것이로다."

하시잖겠니. 나는 이로부터 누워도 능히 자지를 못하고, 밥맛은 떨어지고 마음이 괴로와서 허리띠를 푸는 것조차 깨닫지 못하였는데, 너는 느끼지 못하였더라.

자란은,

"그래 내 잊었군, 이제 너의 말을 들으니 정신이 맑아짐이 마치 술 깬 것과 같구나."

---

1) 용문은 황하 상류에 있는 급류의 곳으로 잉어가 그곳에 올라가서 용이 된다는 전설에서, 흔히 뜻을 이루어 크게 영달함에 비유함.
2) '내일 아침에 뜻이 있거든 거문고를 가지고 오라'는 뜻.

라고 하더이다. 그 후로 대군은 자주 진사와 접촉하셨으나, 저희들로서 서로 보지 못하게 하신 까닭으로 저는 매양 문틈으로 이를 엿보다가, 하루는 설도전(雪搗牋)³⁾에다 오언사운 한 수를 썼습니다.

베옷 입고 가죽띠를 띤 선비,
옥 같은 얼굴은 신선과 같네.
매양 주렴 사이로 바라보건만,
어이하여 월하의 인연이 없는고.
얼굴을 씻으니 눈물은 물이 되고,
거문고를 타니 원한은 줄에서 우네.
한없는 원한을 가슴 속에 품고,
머리를 들어 홀로 하늘에 하소연하네.
布衣草帶士 玉貌如神仙
每向簾間望 何無月下緣
洗顔淚作水 彈琴恨鳴絃
無限胸中怨 攪頭獨訴天

시와 금전(金鈿)⁴⁾ 한 쌍을 겹겹이 봉해 가지고 진사에게 부치고자 하였으나 방법이 없었어요.

그날 밤 대군이 술잔치를 베풀었는데, 손님들은 모두 진사의 재주를 칭찬하였습니다. 대군이 진사가 지은 두 수의 시를 내보이니, 돌려 보고는 칭찬하기를 그치지 않으며, 모두 한번 보기

---

3) 글을 쓰는 고운 종이.
4) 금으로 만든 비녀.

를 원하였습니다. 대군이 즉시 사람과 말을 보내어 청하였습니다. 얼마 후 진사가 와서 자리에 앉는데, 얼굴은 파리해지고 몸은 홀쭉해져서 옛날의 기상이 아니었어요. 대군이 위로하며,

"진사는 근심하는 마음이 없을 것인데, 못가를 거닐면서 시를 읊노라고 파리해졌는가."

하고 말씀하시니, 모든 사람들이 크게 웃더이다. 진사가 일어나서 사례하고는 말하더군요.

"제가 천한 선비로서 외람히도 대군께 사랑을 받고 복이 지나쳐 화를 낳았습니다. 질병이 몸을 얽어서 식음을 전폐하고 기거를 남에게 의지하고 있다가 이제 후하신 부름을 입고 아픈 몸을 이끌고 와서 뵙는 것입니다."

그러자 좌객이 모두 무릎을 가다듬고 공경하더이다. 진사가 나이 어린 선비로서 말석에 앉으니, 안으로 더불어 다만 벽 하나를 두고 격하였을 뿐이었습니다.

밤은 벌써 깊어졌고 뭇손님들은 크게 취하였습니다. 제가 벽을 헐어 구멍을 내어서 들여다보았더니, 진사도 그 뜻을 알고서 구석을 향하여 앉더군요. 제가 봉서(封書)를 구멍으로 던져 주었더니, 진사가 주워 가지고 집으로 돌아가서 뜯어 보고는 슬픔을 이기지 못하며 차마 손에서 놓지를 못하였습니다. 생각하고 그리워하는 마음은 옛날보다 더하였으며, 스스로 몸을 가누지 못하는 것 같았습니다. 바로 답서는 닦아 가지고 부치고자 하나, 청조(靑鳥)가 없어 홀로 근심하고 탄식할 뿐이었어요.

하루는 동문(東門) 밖에 사는 한 무녀가 영이(靈異)[1]함으로써

---

1) 영이 : 신령스럽고 이상함.

명성을 얻고, 대군의 궁에 드나들면서 매우 사랑과 신용을 받고 있다는 소문을 듣고 진사가 그 집을 찾아갔답니다. 그 무녀는 나이가 아직 서른도 못 되는 얼굴이 예쁜 여자로서, 일찍 과부가 되고는 음녀(淫女)[2]로 자처하고 있었는데, 진사님이 옴을 보고는 주찬을 성대히 갖추고서 대접하므로, 진사는 잔을 잡았으나 마시지는 아니하고 말하기를,

"오늘은 바쁘고 급한 일이 있으니 내일 다시 오겠소."

하였답니다. 다음날 또 가니 또한 그렇게 하므로, 진사는 감히 입을 열지 못하고 또 말하기를,

"내일 또 오겠소."

하였답니다. 무녀는 진사의 얼굴이 속된 티를 벗어난 것을 보고 마음속으로 기뻐하였답니다. 그러나 연일 진사가 왔다가 말 한 번 하지 않으므로, 나이 어린 선비로 반드시 부끄러워 말을 하지 않는 것이니, 내가 먼저 정으로써 돋우어 붙들어 놓고 밤을 새우면서 같이 자리라 마음먹었답니다. 다음날 목욕을 하고 짙은 화장을 하고 화려한 옷을 입고 꽃 같은 담요와 옥 같은 자리를 깔아 놓고, 작은 계집종으로 하여금 문 밖에 앉아서 망을 보게 하였답니다. 진사가 또 와서 그 얼굴과 옷의 화려함과 베풀어 놓은 것의 아름다움을 보고 마음속으로 이상하게 여겼더니 무녀가,

"오늘 저녁은 어떠한 저녁이관데 이같이 훌륭한 분을 뵈옵게 되었을까."

하였으나, 진사는 뜻이 없었기 때문에 그 말에는 대답은 하지

---

2) 음탕한 계집. 음부.

아니하고 초연(超然)히 즐거워하지 않고 있으니 무녀가 또 말하더랍니다.

"과부의 집에 젊은 남자가 어찌 왕래하기를 꺼리지 아니하는지요."

진사가,

"점(占)이 신통하다던데 어찌 내가 찾아오는 뜻을 알지 못하시오."

하니, 무녀가 즉시 영전(靈前)에 나아가 앉아서 신(神)에게 절을 하고는, 방울을 흔들고 접대롱을 어루만지면서 온몸을 추운 듯이 떨며 한참 몸을 움직이다가 입을 열어 말하더랍니다.

"당신은 정말로 가련합니다. 불안한 방법으로써 그 뜻을 이루기 어려운 계교를 성취시키고자 하니, 다만 그 뜻을 이루지 못할 뿐만 아니라 3년이 못 가서 황천의 사람이 되겠습니다."

그래서 진사가 울면서 사례하고는,

"당신이 비록 말하지 아니해도 나는 다 알고 있소. 하오나 마음속에 맺힌 한은 백 가지 약으로도 풀 수 없으니, 만일 당신으로 말미암아 다행히 편지를 전하게 된다면 죽어도 또한 영광이겠소."

하자 무녀가,

"비천한 무녀로서 비록 신사(神祀)로 인해 때로 혹 드나들지만, 부르시는 일이 없으면 감히 들어가질 못합니다. 그러하오나 진사님을 위해 한번 가 보겠습니다."

하더랍니다. 진사는 품속에서 한 봉지를 내주면서 말씀하였답니다.

"조심하오. 잘못 전하고서 화(禍)의 기틀을 만드는 일이 없도록 하여주오."

무녀가 편지를 가지고 궁문을 들어가니, 궁 안 사람들이 모두 그 옴을 괴이히 여기기에, 그 무녀는 권사(權辭)로써 대답하고는 틈을 엿보아 들을 사람이 없는 곳으로 저를 끌고 가서 편지를 주더이다. 제가 방으로 돌아와서 뜯어 보니 그 편지의 사연은 이러하였습니다.

'한번 눈으로 인연을 맺은 후부터 마음은 들뜨고 넋이 나가, 능히 마음을 진정치 못하고 매양 성(城) 저쪽을 향하여 몇 번이나 애를 태웠는지요. 이전에 벽 사이로 전해 주신 편지로 해서 잊을 수 없는 옥음(玉音)[1]을 공경히 받아들고 펴기를 다하지 못하여 가슴이 메이고, 읽기를 반도 못 하여 눈물이 떨어져 글자를 적시기에, 능히 다 보지를 못하였으니 장차 어찌하오리까. 이러한 후로부터 누워도 능히 자지를 못하고, 음식은 목을 내려가지 않고, 병은 골수에 사무쳐 온갖 약이 효험이 없으니 저승이 보이는 것 같습니다. 오직 소원은 조용히 죽음을 따를 뿐이오니, 하느님께서 불쌍히 여겨 주시고 신께서 도와 주시와 혹 생전에 한 번이라도 이 원한을 풀어 주게 하신다면, 마땅히 몸을 부수고 뼈를 갈아서라도 천지신명의 영전에 제를 지내겠습니다. 편지를 쓰다 서러워서 목이 메이니, 다시 무슨 말씀을 하오리까. 예를 갖추지 못하고 삼가 쓰나이다.'

사연 끝에는 칠언사운(七言四韻) 한 수가 적혀 있었는데, 그 시는 이러하였지요.

---

1) 음신(音信)의 높임말.

누각은 깊고 깊어 저녁 문 닫혔는데,
나무 그늘 구름 그림자 모두 다 희미하여라.
낙화는 물에 떠서 개천으로 흘러가고,
어린 제비는 흙을 물고 처마 끝을 찾아가네.
베개에 기대도 이루지 못함은 호접몽[1]이요.
눈을 돌려 남쪽 하늘 보니 외기러기도 날지 않네.
임의 얼굴 눈 앞에 있는데 어이 그리 말 없는가.
푸른 숲 꾀꼬리의 울음 들으니 눈물이 옷깃을 적시누나.

樓閣重重掩夕霏 樹陰雲影摠依微
落花流水隨溝出 乳燕含花趁檻歸
倚枕未成蝴蝶夢 回眸空望鴈魚稀
玉容在眼何無語 草綠鶯啼淚濕衣

저는 보기를 마치자 소리가 끊기고 기가 막혀서 입으로는 능히 말을 할 수 없었고, 눈물이 다하자 피가 눈물을 이었습니다. 병풍 뒤에 몸을 숨기고서 오직 사람이 알까 봐 두려워하였어요.
　이러한 후로부터 잠깐 사이도 잊을 수가 없었으니, 시는 성정(性情)에서 나오는 것으로 속일 수 없다는 것을 새삼스레 느꼈습니다. 하루는 대군이 비취를 불러,
　"너희들 열 명이 한 방에 같이 있으니 업(業)에 전념할 수 없다."
하시고 다섯 명을 서궁(西宮)에 가서 있게 하셨습니다. 저는 자란·은섬·옥녀·비취와 같이 즉일로 옮겨 갔습니다. 옮기고

---

1) 중국의 장자가 꿈에 나비가 되어 즐겁게 놀았다는 고사에서 온 말.

나서 옥녀(玉女)가 말하기를,

"그윽한 꽃, 가는 풀, 흐르는 물, 꽃다운 수풀이 정히 산가(山家)나 야장(野莊)과 같으니, 참으로 훌륭한 독서당(讀書堂)이라 할 수 있구나."

하였습니다. 이에 제가 대답하기를,

"산인(山人)도 아니고 중도 아니면서 이 깊은 궁에 갇히었으니 정말로 이른바 장신궁(長信宮)[2]이다."

하였더니, 좌우 궁인들 모두가 자탄하고 울적하게 여기지 않는 이가 없었습니다.

그 후 저는 편지를 써서 뜻을 이루고자 하였으며, 진사도 지성으로 무녀를 섬겨 간절히 부탁하였습니다. 그러나 그녀는 마침내 오기를 허락하지 않았으나, 진사의 뜻이 자기한테 없음을 유감으로 여김이 없지 않아서 그랬을 것 같았습니다. 하루는 저녁에 자란이 저에게 가만히 말하기를,

"궁 안 사람들이 매년 중추(仲秋)[3]에 탕춘대(蕩春臺)[4] 밑 개울에서 빨래를 하고는 주석을 베풀었다가 파한다. 금년은 소격서동(昭格署洞)[5]에서 한다고 하니, 갔다 왔다 하는 사이에 그 무녀를 찾아가 보는 것이 가장 좋은 방책일까 한다."

하기에 저는 그렇게 여겼습니다. 괴로이 중추를 기다리니, 하루가 삼추(三秋)와 같았습니다. 비취가 그 말을 가만히 엿듣고는 짐짓 알지 못하는 체하고 저에게 말하였어요.

2) 중국 한나라 때의 궁 이름. 한나라의 태후가 과부가 되어 이 궁에서 홀로 외롭게 살았다고 함.
3) 음력 8월 보름. 추석.
4) 서성 또는 탕춘대성 안에 있던 대사(臺榭).
5) 도교의 초제를 맡은 관아.

"네가 처음 올 때에는 얼굴빛이 이화(梨花)와 같아서 화장을 하지 아니하여도 천연(天然)히 아름다운 자태가 있었던 까닭으로 궁 안 사람들이 괵국부인(虢國夫人)[1]이라고 불렀는데, 요사이 와서는 얼굴빛이 옛날보다 못하여 점점 처음과 같지 아니하니 이 무슨 까닭인가."

그래서 제가,

"본래 기질이 허약하여 매양 더운 계절을 당하면 언제나 더워서 마르는 병이 있는데, 오동잎이 떨어지기 시작하고 휘장에서 서늘한 기운이 나오면 그로부터 좀 나아진단다."

하였더니, 비취는 희시(戱詩) 한 수를 읊어 주는 것이었습니다. 희롱하는 뜻이 없지 않았으나 시상(詩想)은 절묘하였습니다. 저는 그 재주를 기특히 여기면서도 그 농(弄)에 대해서는 부끄럽게 여겼어요.

그럭저럭 두어 달이 지나 계절은 가을로 접어들었습니다. 서늘한 바람이 저녁에 일어나고, 가는 국화는 황금빛을 토하며, 풀숲의 벌레는 소리를 가다듬고, 흰달은 환히 비추었습니다. 저는 이미 서궁 사람들이 알고 있었으므로, 숨길 수 없어서 사실대로 고하고 나서,

"바라건대 남궁 사람들이 알지 못하도록 하여 다오."

하고 부탁하였지요. 이때에 기러기가 남쪽을 향하여 날고 풀잎에는 구슬 같은 이슬이 맺히니, 맑은 시내에서 빨래함은 정히 그때를 당하였더이라. 여러 궁녀와 같이 날짜를 결정하고자 하였으니, 의논이 맞지 아니하였습니다. 빨래할 장소를 구하는데,

---

1) 중국 당나라 현종의 비였던 양귀비의 언니.

남궁 사람들이,

"맑은 물과 흰 돌은 탕춘대(蕩春臺) 밑보다 더 나은 데가 없단다."

하고 말하였습니다. 그러자 서궁 사람들은,

"소격서동(昭格署洞)의 물과 돌은 바깥에서 더 내려가지 않는다. 어찌 반드시 가까운 곳을 버리고 먼 데를 구하는가."

하였으나, 남궁 사람들이 고집을 부려 승낙하지 아니하므로, 결정을 짓지 못하고 그만두고 말았지요. 그날 밤 자란이,

"남궁 다섯 사람 중에서 소옥(小玉)이 주론(主論)이니 내 묘계로써 그 뜻을 돌려 보리라."

하고는, 옥등(玉燈)으로 길을 밝혀 남궁으로 가니, 금련(金蓮)이 반가이 맞이하면서,

"한번 서궁으로 갈라진 후로 서로 떨어지기가 진(秦)나라와 초(楚)나라 같은 사이[2]가 되었는데, 뜻밖에 이렇게 오늘밤 귀한 몸이 오셨으니 깊이 사례한다."

고 말하였습니다. 그러자 소옥이,

"무엇이 고마울 것이 있니, 얘는 세객(說客)[3]이란다."

하였습니다. 자란이 옷깃을 가다듬고 얼굴빛을 바로 하고는,

"남의 마음에 있는 것을 헤아릴 수 있다니 너 말해 주겠니."

하니, 소옥이 말하였습니다.

"서궁 사람들은 소격서동으로 가자고 하는데, 나 혼자만이 굳게 고집한 까닭으로 네가 밤중에 찾아왔으니 세객이라고도 말할 수 있거니와, 이러나 저러나 좋지 않니."

---

2) 진나라와 초나라와 같이 먼 사이.
3) 능란한 말솜씨로 각지를 유세하러 다니는 사람.

"서궁 다섯 사람 중에 내 홀로 성내로 가자고 한다."

"홀로 성내를 생각하고 있는 것은 그 무슨 까닭이냐."

"내 들으니, 소격서동은 곧 천황(天皇)을 제사 지내던 곳이므로 동네 이름을 삼청동(三淸洞)이라 하였다 한다. 우리 열 명은 필시 삼청궁(三淸宮)의 선녀로서 황정경(黃庭經)[1]을 잘못 읽고 인간에 귀양 왔을 것이다. 이미 진세(塵世)에 있은즉, 산가(山家)·야촌(野村)·농막(農幕)[2]·어점(魚店)[3] 등 어느 곳이든 다 좋다. 그러나 심궁(深宮)에 굳게 갇히어 마치 농중(籠中)의 새와 같은 바가 있으니, 꾀꼬리 울음을 들어도 탄식하고, 푸른 버들을 대하여도 한숨짓고, 제비가 쌍쌍이 날고 새가 마주앉아서 졸고 있는 것을 보아도 외로와진다. 풀도 즐거움을 나누지 않음이 없거늘, 우리 열 명은 홀로 무슨 죄가 있어서 적막한 심궁에서 길이 일신을 썩혀야 하는가. 봄꽃, 가을달을 바라보며 다만 등불을 벗삼아 넋을 태우며, 허무하게도 청춘을 포기하고 공연히 땅 속의 원한만을 끼치게 되었으니, 부명(賦命)의 박(薄)함이 어찌 그리 이다지도 심한가. 인생은 한번 늙어지면 다시는 젊어지지 아니하니, 다시 생각해도 어찌 슬프지 아니하겠는가. 이제 맑은 시내에 가서 목욕하여 몸을 깨끗이 하고서 태을궁(太乙宮)[4]에 들어가 머리가 땅에 닿도록 백번 절하고 손 모아 빌며 숨은 도움을 달라고 해서 내세(來世)에 가더라도 이와 같은 고생을 면하고자 함이니, 어찌 다른 뜻이 있으랴. 우리 궁인은 정

---

1) 도교의 경서.
2) 농사짓는 데 편리하도록 논밭 근처에 간단하게 지은 집으로, 여기서는 농촌을 뜻함.
3) 어촌 및 나루터.
4) 하늘나라의 옥황상제가 산다는 궁.

의가 동기와 같은데, 이 한 일로 인하여 남에게 부당한 의심을 사서야 되겠니. 내 까닭 없이 믿을 수 없는 말을 하지 않는다."

소옥이 일어나서 사과하며 말하였습니다.

"내 이치에 밝지 못하여 그대에게 미치지 못함이 멀었구나. 처음 성내를 승낙하지 않은 것은, 성내에는 본래 무뢰한 협객의 무리가 많아서 뜻밖의 강포한 욕이 있을까 근심한 까닭으로 의심하였다. 이제 네가 능히 나로 하여금 멀리 아니하고 다시 서로 통하게 하였으니, 이로부터는 비록 하늘에 올라간다고 하더라도 내 따를 것이며, 강으로부터 바다에 들어간다고 할지라도 내 또한 따를 것이니, 이른바 다른 사람으로 인하여 성사(成事)해서 성공에 미치는 것인즉 한가지겠지."

그러나 부용이 말하였습니다.

"무릇 일이라는 것은 먼저 마음으로부터 정하는 것이 옳거늘, 말로 결정하지도 않겠는데 둘이 서로 다투어 밤새도록 결정하지 못하고 있으니 일이 순조롭지 못하겠구나. 한 집안의 일을 대군께는 알리지는 아니하고 우리끼리만 밀의(密議)하니 이것은 불충(不忠)이라 할 수 있으며, 낮에 다툰 일을 밤도 깊기 전에 굴복하고 말았으니 이것을 불신(不信)이라 하지 않을 수 없다. 또 가을에는 옥같이 맑은 시내가 없는 곳이 없거늘, 꼭 성사(城祠)로만 가려고 하니 이것도 옳다고 할 수 없고, 비해당(匪懈堂) 앞은 물이 맑고 돌이 희므로 해마다 거기에서 빨래하다가 이제 와서 다른 곳으로 바꾸고자 하는 것도 또한 옳지 아니하니, 다른 사람이 다 간다고 하더라도 나는 따르지 않겠다."

또 보련이 말하였어요.

"말이라 하는 것은 문신(文身)하는 도구와 같으니, 삼가느냐

삼가지 않느냐에 따라서 복과 화가 따르는 것이다. 그러므로 군자(君子)는 말을 조심하고 입을 지키기를 병(瓶)과 같이 한단다. 한(漢)나라 때의 명상(名相) 장량(長良)은 종일 말을 하지 않아도 일을 이루지 못함이 없었으며, 색부(嗇夫)[1]는 이로운 말을 척척 잘하였으나 장석(張釋)의 참소한 바 되었단다. 이로써 보건대 자란의 말은 무엇을 숨겨 두고 말하지 않는 것이고, 소옥의 말은 강하면서도 마지못하여 좇는 것이며, 부용의 말은 말을 꾸미는 데만 힘을 쓰니, 다 나의 뜻에 맞지 않으므로 이번 행차에 나는 같이 아니하겠다."

또 금련이 말하기를,

"오늘 저녁의 의논은 마침내 합의를 보지 못하였으니 내 점을 쳐서 화의(和議)하리라."

하고는, 곧 《주역(周易)》을 펴 놓고 점을 쳐 얻은 괘(卦)를 풀어서 말하였습니다.

"내일 운영은 반드시 장부를 만나리라. 운영의 얼굴과 거동은 인간 세상에 살고 있는 사람이 아닌 바가 있다. 그래서 대군께서 운영에게 마음을 기울인 지가 이미 오래 되었으나, 운영이 죽음으로써 거역하고 있음은 다른 이유가 있는 것이 아니라, 차마 부인의 은혜를 저버리지 못함이라. 대군의 명령이 비록 엄하나 운영의 몸이 상할까 두려워하는 까닭으로 감히 가까이하지 못하고 있다. 이제 이 쓸쓸한 곳을 버리고서 번화한 땅으로 가고자 하고 있으니, 유협(遊俠)[2] 소년들이 그 자색을 볼 것 같으

---

1) 중국 한나라 문제가 입심이 센 번색부의 능대를 기특히 여겨 쓰려고 했으나 장석지가 이를 간했다는 고사에서 나온 말로, 신분이 낮은 자가 구변이 좋은 것을 말함.
2) 호협한 기상이 있는 사람.

면 반드시 넋을 잃고 미친 것 같은 자가 있을 것이다. 비록 능히 서로 가까이하지는 못하나, 손가락질하며 눈짓을 할 것이니 이것 또한 욕이다. 전일에 대군께서 명령을 내리시기를, 궁녀가 문을 나가거나 바깥 사람이 궁녀의 이름을 알 것 같으면 그 죄는 죽음을 당하리라 하셨으니, 금번 행차에 나로서는 참가할 수 없다."

이에 자란은 일이 이루어지지 않을 줄 알고는, 실심한 듯이 좋아하지 아니하고 바야흐로 돌아가려고 하였지요. 그런데 비경이 울면서 비단띠를 잡고 억지로 만류하고는, 앵무잔(鸚鵡盞)에다 운화주(雲華酒)³⁾를 따라 권하기에 좌우에 있던 사람들이 다 마셨더이다. 이때 금련이,

"오늘 저녁의 모임은 조용히 파해야 할 것이어늘 비경이 우니 나도 정말 괴롭구나."

하니, 비경이 말하였습니다.

"처음 남궁에 있을 때 운영으로 더불어 사귀기를 깊이 하여 사생(死生)과 영욕을 같이하기를 약속하였는데, 이제 비록 거처를 달리하였으나 어찌 차마 잊을 수 있겠니. 전날 대군 앞에서 문안을 올릴 때 운영을 당(堂) 앞에서 보니, 가는 허리가 말라서 더 가늘어졌고, 얼굴은 핼쑥하였으며, 목소리는 가늘어서 들릴락말락하였는데, 일어나 절을 할 때에 힘이 없어 땅에 넘어지기에 내가 붙들어 일으키고는 좋은 말로 위로하였더니, 운영이 대답하기를, '불행히 병을 얻어 명이 조석에 있으니 나의 천한 목숨은 죽어도 애석함이 없지마는, 아홉 명의 문장(文章)과 재

---

1) 운유주라고도 함.

화(才華)가 날로 피어나고 다달이 빛나서 다른 날 아름다운 시편(詩篇)과 고운 작품이 일세를 움직이겠지만, 내가 볼 수 없으니 이로써 슬픔을 능히 금할 수 없다'고 하던 그 말이 하도 처절하여서 내가 눈물을 흘렸거니와, 이제 와서 생각해 봐도 그 병이 위중하였음은 생각한 바와 같았단다. 슬프다, 자란은 운명의 벗이라, 죽음에 임한 사람을 천단(天壇)[1] 위에 두고자 하는 것도 또한 난감한 일이니, 오늘의 계획이·만일 이루지 못할 것 같으면 황천(黃泉)에 가서도 눈을 감을 수 없게 하는 바가 있을 것이요, 원한은 남궁으로 돌아올 것이니 그 어찌 그렇지 않겠는가. 《서경(書經)》에 말하기를, '좋은 일을 하면 하늘이 백 가지 상서로운 것을 내려 주시고, 좋지 아니한 일을 하면 하늘이 백 가지 재앙을 내려 주시나니' 라 하였으니, 오늘의 이 토론이 좋은가 좋지 않은가."

또 수옥이 말하였습니다.

"내 이미 허락하였고 세 사람의 뜻도 이미 따르기로 하였으니 어찌 중도에서 그만두리요. 설혹 일이 누설된다고 할지라도 운영이 홀로 그 죄를 당할 것이며, 다른 사람은 무엇 때문에 같이 당하랴. 나는 재언하지 않고 마땅히 운영을 위하여 죽으리라."

이에 자란이,

"따르는 사람이 반이요, 따르지 않는 사람이 반이니 일은 다 틀렸노라."

---

1) 옛날 중국에서 천자가 제성의 남교에서 동짓날에 친히 천제를 봉사(奉祀)하던 제단으로 흰 대리석을 둥글게 만든 단에 석계·석란을 갖추었는데, 북경·심양 등지에 그 유적이 있음.

하고 일어나 가고자 하다가, 들어와 다시 앉아 그 뜻을 살피더니, 혹 따르고자 하나 일구이언(一口二言)하기를 부끄럽게 여기는 것 같은지라, 자란이 다시 말하였습니다.

"천하 일에는 정도(正道)도 있고 권도(權道)도 있는데, 권도를 맞게 하면 그것이 또한 정도이다. 어찌 변통(變通)의 권도를 쓰지 않고 먼저 한 말을 굳게 지키려고 하느냐."

그러자 좌우의 사람들이 일시에 따르더군요. 또 자란이,

"내 말하기를 좋아하는 것이 아니다. 남을 위하여 일을 도모하다가 얻지 못하면 말하지 아니한다."

하니, 비경이 말하였어요.

"옛날 소진(蘇秦)[2]은 육국(六國)으로 하여금 합종(合從)[3]하도록 하였거니와, 이제 자란은 능히 다섯 사람으로 하여금 승복(承服)하게 하였으니 변사(辯士)라 해도 좋겠구나."

자란이,

"소진은 능히 육국의 상인(相印)[4]을 찾거니와, 이제 그대들은 어떠한 물건을 주려고 하는가."

하자, 금련이 말하였습니다.

"합종(合從)은 육군의 이익이나, 이제 이 승복은 우리 다섯 사람에게 무슨 이익이 있는가."

그러자 모두들 마주보며 크게 웃었더이다. 자란이,

"남궁 사람은 다 착해서 능히 운영으로 하여금 다시 죽을 목

2) 중국 전국 시대의 모사.
3) 합종설, 즉 강대한 진나라에 한·위·조·연·제·초나라가 동맹, 대항해야 한다고 주장하여, 기원전 333년에 드디어 여섯 나라의 합종에 성공했음.
4) 정승인이라고 하며, 소진은 합종에 성공하여 육국 상인을 참.

숨을 잇게 하였으니 어찌 사례하지 않으리요."

하면서 일어나서 절하고는,

"오늘의 일은 다섯 사람이 따르기로 하였다. 위에는 하늘이 있고 밑에는 땅이 있으며 촛불이 비치고 귀신이 엿보고 있으니, 내일 가서 다른 뜻이야 없겠지."

하고는 일어나 다시 절하고 돌아가니, 다섯 사람이 다 중문까지 나가 전송하였습니다. 자란이 돌아와서 저에게 말하기에, 저는 벽을 기대고 일어나서 재배하며,

"나를 낳은 사람은 부모이고 나를 살려 준 사람은 너구나. 땅에 들어가기 전에 맹세코 이 은혜를 갚으리라."

하고 사례하였습니다. 앉아서 아침을 기다리는데 소옥과 남궁 네 사람이 들어와 문안을 하고는 물러나가 중당(中堂)에 모이니, 소옥이 말하였습니다.

"하늘은 환히 맑고 물은 차니, 정히 빨래할 때를 당하였구나. 오늘 소격서동에다 휘장을 치는 것이 좋겠다."

이에 여러 사람은 다 이의가 없었습니다. 저는 물러나와 서궁으로 돌아가서 흰 나삼(羅衫)[1]에다 가슴속에 가득 찬 슬픔과 원한을 써서 품에 넣고는, 자란과 같이 일부러 뒤떨어져 마부(馬夫)보고,

"동문 밖에 있는 무녀가 가장 영험(靈驗)하다고 하니 내 그 집에 가서 병을 묻고 오겠다."

하고 이르니, 동복(童僕)이 그 말대로 하였습니다. 저는 그 집에 가서 좋은 말로 애걸하며 말하였습니다.

---

1) 사로 만든 적삼으로, 흔히 혼례 때 신부가 활옷을 벗고 입는 예복. 연두 깃에다 자주 깃을 달고 소매는 색동으로 만듦.

"오늘 찾아온 것은 김진사를 한번 만나 보고 싶은 것뿐이오니, 통지해 주신다면 몸이 다하도록 은혜를 갚겠어요."

무녀가 그 말대로 사람을 보냈더니, 진사가 엎어지며 자빠지며 쫓아왔습니다. 둘이 서로 만나니 할말도 하지 못하고 다만 눈물을 흘릴 뿐이었지요. 제가 편지를 주면서,

"저녁을 타서 꼭 돌아올 것이니 낭군님은 여기에서 기다려 주옵소서."

하고는 바로 말을 타고 갔습니다. 진사는 편지를 뜯었습니다. 그 사연은 이러하였습니다.

'일전 무산선녀(巫山仙女)²⁾가 전해 준 편지에는 낭랑한 옥음(玉音)이 종이에 가득하였습니다. 정녕 마음으로 읽고 또 읽어 보니 슬프고도 기뻐서 마음을 스스로 진정하지 못하고 바로 답서를 보내고자 하였사오나 이미 전할 길이 없었습니다. 또한 비밀이 샐까 봐 두려워서 고개를 들어 멀리 바라보며 날아가고자 하오나, 날개가 없으니 애가 끊어지고 넋이 사라져 다만 죽을 날을 기다릴 뿐이옵니다. 죽기 전에 이 편지로 제 평생의 한을 다 털어 놓고자 하오니 원컨대 낭군께서는 마음에 새겨 두옵소서. 저의 고향은 남방(南方)이옵니다. 부모님이 저를 사랑하시기를, 여러 자녀 가운데서도 편벽되게 사랑하시와, 나가 노는 데 있어서도 그 하고자 하는 대로 맡겨 두셨습니다. 그래서 숲속에 돌과 매화나무·대나무·귤나무·유자나무 등의 그늘에서 날로 놀기를 일삼으니, 이끼긴 바위에서 고기 낚는 무리와 소먹이기를 파하고 피리를 희롱하는 아이들이 아침 저녁으로

---

2) 무산은 중국 사천성의 동쪽에 있는 12봉우리의 명산으로, 여기서는 무산의 선녀, 즉 무당을 가리킴.

눈에 들어왔으며, 그 밖에 산야의 풍경과 전가(田家)의 재미는 이루 다 들을 수 없사옵니다. 부모님은 삼강오륜(三綱五倫)의 행실을 가르치시고 또한 칠언당음(七言唐音)[1]을 가르쳐 주셨습니다. 나이 열세 살 때에 대군이 부르신 까닭으로 부모님을 이별하고 형제를 멀리하여 궁중에 들어오니, 집으로 돌아갈 것을 생각하는 마음 금할 수 없었습니다. 그래서 더벅머리와 때묻은 얼굴과 남루한 의상으로써 보는 사람으로 하여금 더럽게 보이도록 하고자 뜰에 엎드려 울었더니, 궁인이 보고 말하기를 '한 연꽃 가지가 뜰 가운데서 피어났다'고 하셨습니다. 대군의 부인은 저를 사랑하시기를 기출(己出)[2]과 다름없이 해주셨으며 대군도 보통으로 여기지 않았습니다. 또한 궁 안 사람들이 사랑해 주지 않음이 없었고 모두 골육과 같이 여겼으며 학문에 종사한 후로부터 의리를 문득 알았으며 음률(音律)을 능히 살폈더니 궁인이 경복하지 않음이 없더이다. 서궁으로 옮긴 후로부터 금서(琴書)[3]에만 전념하여 조예가 더욱 깊어져서 무사들이 지은 시는 하나도 눈에 걸리는 것이 없었습니다. 오직 남자가 되어서 입신양명을 하지 못하고 홍안박명의 몸이 되어 한번 심궁에 갇히고는 마침내 시들어지게 되었음을 한할 따름이옵니다. 인생이 한번 죽으면 누가 다시 알아주리까. 이럼으로써 한(恨)은 마음을 얽고 원(怨)은 가슴을 눌렀습니다. 매양 수놓기를 그치고 마음을 등불에 붙이며, 깁짜기를 파하고 북을 던지고 베틀에서 내려와 비단 휘장을 찢어 버리고 옥비녀를 꺾어 버렸습니다. 잠

---

1) 한 구가 일곱 자로 된 한시를 한 체.
2) 자기가 낳은 자식.
3) 거문고를 타며 책을 읽음.

시 주흥(酒興)을 얻으면 모든 것에서 벗어나 산보를 하면서 섬돌의 꽃을 쳐서 떨어지게 하고 뜰의 풀을 손으로 뽑아 버리니 어리석음과 같고 미친 것과 같았으나 능히 스스로 억제하지 못하였습니다. 지난 가을 달 밝은 밤에 낭군님의 얼굴과 거동을 한번 보고는 마음속으로 천상의 신선이 인간에 적하(滴下)하였는가 하고 여겼습니다. 저의 얼굴이 아홉 사람보다 가장 못났는데도 어떤 숙세(宿世)의 인연이 있었는가, 어찌 필하(筆下)의 일점(一點)을 알고서 마침내 가슴속에 원한을 맺는 실마리가 되었는지요. 발 사이로 바라봄으로써 봉기추(奉箕箒)의 인연이 될까 하고 헤아려 보았으며, 꿈속에서 만나 봄으로써 장차 있을 수 없는 사랑을 이어 볼까 하였답니다. 비록 한 번도 이불 속의 즐거움은 없었사오나 옥 같은 낭군님의 얼굴이 눈에 아롱거려 배꽃에서 우는 두견새의 울음과 오동잎에 떨어지는 밤의 빗소리는 슬퍼서 차마 들을 수 없었습니다. 봄이 되어 뜰 앞에 여린 풀이 나오는 것과 가을이 되어 하늘에 날고 있는 외기러기는 처량하여 차마 볼 수가 없었습니다. 혹은 병풍에 기대어 서서 가슴을 치고 발을 구르면서 푸른 하늘에 홀로 하소연할 뿐이오니, 알지 못하나 낭군님도 또한 저를 생각하고 있는지요. 다만 한스러운 것은 낭군님을 보기 전에 먼저 죽어진즉, 땅이 늙고 하늘이 거칠어져도 이내 정만은 사라지지 않으리이다. 오늘 빨래하러 가는 행차에는 양궁의 시녀들이 다 모였던 까닭으로 여기에 오래 머물러 있을 수 없사옵니다. 눈물은 먹물로 화하고, 넋은 비단실에 맺혔사오니, 엎드려 원하건대 낭군님께서는 한번 보아주옵소서. 또한 졸구(拙句)로써 전번의 시구(詩句)에 삼가 답하옵니다. 이것은 희롱함이 아니라 자못 호의로 부친 것이옵니

다.'

그 글은 가을을 맞이하여 상심하는 글이었고, 그 시는 상사(想思)의 시였습니다. 그날 저녁 나올 때에 자란이 저와 같이 먼저 나와서 동문 밖을 향한즉, 소옥이 미소하면서 절구(絶句) 한 수를 지어서 주는데, 저를 기롱(譏弄)[1]하는 뜻이 아님이 없었습니다. 저는 마음속으로 부끄러이 여겼으나 참고 그 시를 보니 이러하였습니다.

태을사 앞 물 한번 돌아드니,
천단에 구름 흩어지고 구문[2]이 열리도다.
가는 허리는 광풍을 이기지 못해,
잠시 숲 속에 피하였다 날 저물어 돌아오도다.
太乙祠前一水回 天壇雲盡九門開
細腰不勝狂風急 暫避林中日暮來

자란이 곧 차운(次韻)하였고 비취와 옥녀도 서로 이어서 차운하니 또한 다 저를 희롱하는 뜻이었습니다.

제가 말을 타고 돌아와서 무녀의 집에 가 본즉, 부녀가 뾰로통한 얼굴을 하고 벽을 향하여 앉아서 안색을 고치지 않고 있으며, 진사는 옷소매로 얼굴을 가리고 종일 느껴 울어 넋을 잃고 실성하여 제가 온 것도 알지 못하는 것 같았어요. 저는 왼손에 차고 있던 운남(雲南)의 옥색금환(玉色金環)을 풀어서 진사의 품속에 넣어 주고 말하기를,

---

1) 희롱함. 실없는 말로 농락함.
2) 대내(大內)의 아홉 겹의 문 안에 있다고 해서 구중심처라고도 함.

"낭군님께서는 저로써 박정(薄情)하다 아니하시고 천금(千金) 같은 귀한 몸을 굽혀 더러운 집에 와서 기다리시니, 제가 비록 불민하오나 또한 목석이 아니오니 감히 죽음으로써 허락하리이다. 제가 만약 식언(食言)한다면 여기에 금환(金環)이 있사옵니다."

하고, 갈 길이 총총하므로 일어나 작별을 고하니 흐르는 눈물이 비와 같았습니다. 제가 진사의 귀에다 대고 말하였어요.

"제가 서궁에 있으니 낭군님께서 밤을 타 서쪽 담을 들어오시면 삼생(三生)에 있어서 미진(未盡)한 인연을 거의 이을 수 있을 것입니다."

말을 마치고는 옷을 떨치고 나와서 먼저 궁문을 들어오니, 여덟 사람도 뒤따라 들어오더이다.

그날 밤 삼경(三更)에 소옥이 비경과 함께 촛불로 불을 밝히고 서궁으로 와서,

"낮에 읊은 시는 무정한 데서 나왔고 희롱하는 말이 되고 말았구나. 그래서 깊은 밤을 피하지 아니하고 험로를 무릅쓰고 와서 사과한다."

하니, 자란이 받아 말하였습니다.

"다섯 사람의 시는 다 남궁에서 나오지 않았느냐. 한번 궁을 나눈 후로부터 자못 형적(形迹)이 있어 당시(唐詩)에 우이(牛李)의 당(黨)[3]과 같은 것이 있으니, 어찌 그렇지 않으리요. 여자의 정인즉 하나라, 오래도록 심궁에 갇히어 외그림자만을 길이 조상하게 되었으니, 오직 대하는 것이라곤 촛불뿐이요, 하는 것이

---

1) 중국 당나라의 우승유와 이종민 두 사람이 서로 당파를 만들어 다투었기 때문에 당쟁을 말하기도 함.

라곤 거문고 타고 노래 부르는 것뿐 백화(白花)는 꽃송이를 머금고 웃고 있으며, 쌍연(雙燕)은 나래를 엇바꾸면서 즐기고 있으나, 박명한 우리들은 다같이 십궁에 갇히어 사물을 볼 때마다 봄을 생각하니 그 심정이 오죽하겠는가. 아침에는 구름이 되고 저녁에는 비가 된다는 무산(巫山)의 신녀(神女)는 자주 초왕(楚王)의 꿈에 돌아갔으며, 왕모 선녀(王母仙女)[1]는 요대(瑤臺)의 잔치에 여러 번 참여하였거니와, 여자의 뜻은 의당 다름없거늘, 남궁 사람들은 어찌하여 홀로 항아(姮娥)[2]와 같이 정절을 굳게 지키면서 영약(靈藥)을 도적질하였음을 뉘우치지 아니하는가."

비경과 옥녀는 눈물을 막지 못하고,

"한 사람의 마음은 곧 천하 사람의 마음이란다. 이제 성교(盛敎)를 들으니 슬픈 회포가 유연(油然)히 일어나는구나."

하며, 일어나 절하고 가더이다. 제가 자란보고 말하였습니다.

"오늘 저녁에는 나와 진사님 간에 금석(金石)의 약속이 있으니, 오늘 오지 않을 것 같으면 내일에는 반드시 담을 넘어 오리라. 오면은 어떻게 대접할까."

"수놓은 휘장이 겹겹이 둘러 있고 비단 좌석이 찬란하며, 술은 내와 같고 고기는 산더미같이 있으니, 아니 오면 그만이거니와 온다면 대접하기가 무엇이 어렵겠니."

그날 밤에는 과연 오지 않았더이다. 진사가 가만히 그곳을 돌아본즉, 담이 높고 험준하여 스스로 몸에 날개를 갖추지 아니하고는 능히 넘어올 수 없었더랍니다. 집으로 돌아가서 맥맥히 말도 아니하고 근심을 얼굴에 나타내고 있는데, 이름을 특(特)이

---

1) 서왕모.
2) 달나라에서 산다는 선녀. 항아가 영약을 훔쳐 달나라로 갔다고 함.

라고 하는 한 동복(童僕)이 있어 꾀가 많더니, 진사의 얼굴빛을 보고는 나아가 무릎을 꿇고 말하기를,

"진사께서는 필경 세상에 오래 가지 못하리이다."

하고는 뜰에 엎드려 울기에, 진사가 꿇어앉아 그의 손목을 잡고 회포를 다 말하였더니 특이 말하기를,

"어찌 일찍 말하지 아니하였습니까. 제 마땅히 일이 되도록 해 보겠습니다."

하고는, 곧 사다리를 만드니, 매우 가볍고 능히 접었다 폈다 할 수 있는데, 접으면 병풍을 접는 것과 같고 편즉 5, 6장(丈) 가량이나 되지마는, 손바닥 위에서 운반할 수 있듯이 편리하였답니다. 특이 가르쳐 주었습니다.

"이 사다리를 가지고 궁전의 담을 올라 넘어가서는 안에서 접어 두었다가 돌아올 때에도 또한 그와 같이 하소서."

진사가 특으로 하여금 뜰에서 시험해 보게 하였더니 과연 그의 말과 같은지라, 진사는 매우 기뻐하였습니다. 그날 밤 궁중으로 가려고 할 때 특이 또한 품속에서 털옷과 가죽버선을 내어 주면서 말하였습니다.

"이것이 있으면 넘어가기가 어렵지 아니할 것입니다."

진사는 그 계교를 써서 담을 넘어서 숲 속에 엎드리니, 달빛은 낮과 같았으며 궁 안은 조용하였습니다. 조금 있다가 사람이 안에서 나와 산보하면서 작은 소리로 시를 읊기에, 진사는 숲을 헤쳐 머리를 내놓고,

"어떠한 사람이관데 여기에 오느뇨."

하니, 그 사람은 웃으면서,

"이리 나오소서, 이리 나오소서."

대답하였습니다. 진사는 나아가 절하고 말하였습니다.

"나이 어린 사람이 풍류의 흥취를 이기지 못하여 만사를 무릅쓰고 감히 여기에 들어왔사오니, 엎드려 원하건대 낭자께서는 나를 어여삐 여겨 주옵소서."

자란이,

"진사님의 오심을 고대하기를 대한(大旱)에 비를 바라는 것과 같이 하고 있다가, 이제야 다행히 뵈옵게 되어 저희들이 살아났사오니, 원하건대 진사님은 의심하지 마옵소서."

하고는 바로 이끌고 들어가기에, 진사가 층계를 거쳐 굽은 난간을 따라 몸을 가다듬고 들어오실 제 저는 사창을 열어 놓고 옥등(玉燈)을 밝혀 놓고 앉아서 짐승모양의 금화로에다 향(香)을 피우고, 유리 같은 서안(書案)에다 《태평광기(太平廣記)》[1] 한 권을 펴 들고 있다가, 진사가 오심을 보고 일어나 맞이하고 절하니, 진사 또한 답례를 하더이다. 손님과 주인의 예로써 동서(東西)로 나누어 앉았습니다. 자란으로 하여금 진수기찬(珍羞奇饌)을 차려 놓고 자하주(紫霞酒)[2]를 따라서 권하니, 석 잔을 마시고 진사는 좀 취한 듯이 말하였습니다.

"밤이 얼마나 길지요."

자란이 곧 그 뜻을 알고는 휘장을 드리고 문을 닫고 나가더이다. 제가 등불을 끄고 잠자리에 나아가니 그 즐거움은 가히 알 것입니다. 밤이 이미 새벽이 되고 뭇 닭은 날 새기를 재촉하기에 진사는 바로 일어나 돌아가셨습니다. 이러한 후로부터는 어두울 때 들어와서는 새벽에 돌아가시니 그렇게 하지 않는 저녁

---

1) 중국 송나라 때에 이방 등이 편찬한 500권이나 되는 방대한 소설집.
2) 유하주라고도 하며 선주(仙酒)임.

이 없었지요. 사랑은 깊어 가고 정은 두터워져 스스로 그치기를 알지 못하였어요. 이로 인하여 궁중 담 안의 눈 위에는 자주 발자취가 나게 되었습니다. 궁인들은 다 그 출입을 알고 위험타 하지 않는 이가 없었습니다.

하루는 진사가 좋은 일의 끝이 화기(禍機)[3]가 될까 봐 문득 근심하고는 마음속으로 크게 두려워서 종일 즐거워하지 아니하고 있으니, 특이 바깥에서 돌아와,

"저의 공이 매우 컸는데, 지금까지 상을 논하지 않음이 옳은 일이옵니까."

하였습니다. 진사가,

"내 마음속에 새겨 두고 잊지 않고 있으니, 조만간 마땅히 상을 후히 하리라."

하시니 특은,

"이제 진사님의 얼굴빛을 보니 또한 근심이 있는 것 같습니다. 알지 못하거니와 무슨 까닭이옵니까."

하고 묻더랍니다. 진사가,

"보지 못한즉 병이 마음과 골수에 있고, 본즉 헤아릴 수 없는 죄가 있으니 어찌 근심하지 않겠니."

하시니 특은,

"그러면 어찌하여 남 몰래 업고 도망가지 않으십니까."

하더랍니다. 진사는 그렇게 하기로 하고 그날 밤 특의 계교를 저에게 말씀하셨지요.

"특의 사람됨이 본래부터 꾀가 많아서 이 계교로써 가르치니

---

3) 재변이 아직 드러나지 않고 잠겨 있는 기틀.

그 계교가 어떠하오."

저는 허락하며,

"저의 부모는 재산이 많은 까닭으로, 제가 올 때에 의복과 보화 많이 싣고 왔으며, 또 대군이 주신 것이 매우 많은데, 이 물건들을 내버리고는 갈 수 없사오니 어떻게 하였으면 좋으리이까. 이제 운반하고자 하면, 비록 말 열 필이 있다 하더라도 능히 다 운반할 수 없어요."

하고 말하였습니다. 진사가 돌아가서 특에게 말하니 특이 크게 기뻐하며,

"무엇이 어려울 게 있사옵니까."

하기에 진사가,

"그럴 것 같으면 계교를 세워 보아라."

하시니, 특이 대답하였습니다.

"저의 벗 중에 역사(力士) 20명이 있사온데, 날로 강해져서 나라를 위하여 일을 하고자 하거니와, 능히 당할 사람이 없사옵니다. 저하고 깊이 우정을 맺고 있어서 오직 명령만 있으면 좇을 것이오니, 이 무리로 하여금 운반케 한즉, 태산도 또한 옮길 수 있을 것입니다."

진사가 돌아와서 저에게 말하기에, 저도 그렇게 여기고서 밤마다 수습하여 이레 만에 바깥으로 다 운반하자, 특이 말하였습니다.

"이와 같은 중보(重寶)[1]를 본댁에 쌓아두면 큰 상전(上典)께서 반드시 의심하실 것이며, 저의 집에 쌓아 두면 이웃 사람들

---

1) 귀중한 보배. 중요한 보배.

이 반드시 의심할 것이오니 장차 어떻게 하시렵니까. 도리가 없을 것 같으면, 산중에다 구덩이를 파고서 깊이 묻어 두고는 굳게 지키면 좋을 것 같습니다."

"만약 혹 잃게 되면 나와 너는 도적이라는 이름을 면하기 어려울 것이니, 너는 조심해서 지켜라."

"저의 계교가 이와 같이 깊고 저의 벗이 이와 같이 많으니 천하에 있어서 어려운 일이 없습니다. 하물며 특이 긴 칼을 가지고 밤낮으로 떠나지 않을 것이니 눈을 뺄 수 있겠지만 보화는 뺏을 수 없을 것입니다. 또한 저의 발이 성하므로 보화를 취하지 않을 것이니, 원하건대 의심하지 마옵소서."

대저 특의 뜻은 이 중보를 얻은 후에 저와 진사를 산골로 끌고 들어가서 진사를 죽이고는 저와 재보(財寶)[2]를 자기가 차지하려는 계획이었으나, 진사는 오활(汗闊)[3]한 선비라 알지를 못하였습니다.

대군이 이전에 비해당(匪懈堂)을 구축하고는 가작(佳作)[4]을 얻어 현판(懸板)[5]에다 걸자고 하였으나, 여러 문사들의 시가 다 뜻에 차지 않아서 진사를 강제로 조치하여 잔치를 베풀어 놓고 간청하였습니다. 진사가 한번 붓을 휘둘러 글을 지어 내니, 한 점도 더할 수 없이 산수의 경색과 집 지은 모습을 전부 표현하지 않은 것이 없어 가히 풍우(風雨)를 놀라게 할 만하였습니다. 대군이 칭찬하며,

---

2) 보배로운 재물.
3) 실제와는 관계가 멀다. 사정에 어둡고 주의가 부족함.
4) 잘된 작품.
5) 글자나 그림을 새겨서 문 위에 다는 널조각.

"뜻밖에 오늘 다시 선인(仙人)을 보게 되었구나."

하시고는 조용히 읊으시기를 마지않다가, '수장암절풍류곡(隨墻暗竊風流曲)'[1]이라는 시구(詩句)에 와서는 멈추고 의심스러워하였습니다. 진사가 일어나 절하면서,

"취하여 글씨를 살필 수 없사오니, 원하건대 물러가게 하여주옵소서."

하니, 대군은 노복에게 명하여 부축하여 보냈습니다. 이튿날 밤에 진사가 들어와서 저에게 말하였습니다.

"도망가는 것이 좋겠소. 어제 지은 시에서 대군의 의심을 샀으니, 오늘 밤에 도망가지 않으면 후환이 있을까 두렵소."

"어제 저녁 꿈에 한 사람을 보았는데, 얼굴이 흉악하고 스스로 모돈선우(冒頓單于)라 칭하면서 말하기를, '이미 숙약(宿約)[2]이 있는 까닭으로 장성(長城) 밑에서 오래도록 기다렸노라' 하기에 깨자마자 놀라서 일어났거니와, 몽조(夢兆)[3]가 상서롭지 아니하니 낭군님도 생각하여 보옵소서."

"꿈은 허망하다고 하는데 어찌 믿을 수 있겠소."

"그 장성이라고 말한 것은 궁장(宮墻)[4]이며, 그 모돈(冒頓)이라고 말한 것이 특이니, 낭군님은 그 노복의 마음을 잘 알고 계신지요."

"그놈은 본래 미련하고 음흉하지마는, 그러나 전일 나에게 충성을 다하였고, 오늘 낭자로 더불어 좋은 인연을 있게 함은

---

1) '담 밖에서 가만히 풍류곡을 듣는다'의 뜻.
2) 오래된 약조.
3) 꿈자리.
4) 궁성. 궁궐을 싸고 있는 성벽.

다 그놈의 계교요, 어찌 처음에는 충성을 바치다가 나중에는 악한 일을 하겠소."

"낭군님의 말씀을 어찌 감히 거역하리이까. 다만 자란은 정이 형제와 같으니 고하지 않을 수 없어요."

바로 자란을 불러 세 사람이 둘러앉아서 진사의 계교를 고하였더니, 자란이 크게 놀라며 꾸짖어 말하더이다.

"서로 즐거워한 지가 오래 되었는데 어찌 스스로 화근(禍根)을 빨리 오게 하느냐. 한 두 달 동안 서로 사귐이 또한 족하거늘 담을 넘어 도망하려 하다니, 어찌 사람으로서 차마 할 수 있으리요. 대군이 뜻을 기울이신 지 이미 오래 되었으니 도망할 수 없음이 그 하나요, 부인이 근심해 주시고 사랑해 주심이 지극하였으니 도망하지 못함이 그 둘째요, 화가 양친에게 미칠 것이니 도망할 수 없음이 그 셋째요, 죄가 서궁에 미칠 것이니 도망할 수 없음이 그 넷째다. 또한 천지는 한 그물 속이니 하늘로 올라가거나 땅으로 들어가지 않는 이상 도망간들 어디로 가리요. 혹 잡힐 것 같으면 그 화는 어찌 너의 몸에만으로 그치겠느냐. 몽조가 상서롭지 못하다 함은 그만두고라도 만약 혹 길하다 하면 네가 즐거이 가겠는가. 마음을 굽히고 뜻을 누르고서 정절을 지켜 평안히 있으면서 천이(天耳)를 듣는 것만 같음이 없겠다. 너의 얼굴이 좀 쇠하면 대군의 사랑도 풀어질 것이니, 사세를 보아 병이라 칭하고 누워 있으면 반드시 고향으로 돌아가도록 허락해 주실 것이다. 그때를 당하여 낭군과 함께 손을 잡고 같이 돌아가서 해로함이 가장 큰 계교이니, 이와 같은 것을 생각해 보지 못하였는가. 이제 그와 같은 계교를 당하여 네가 비록 사람을 속일 수는 있으나, 감히 하늘을 속일 수야 있겠느냐."

이에 진사는 일이 이루어지지 못할 것을 알고는 차탄하면서 눈물을 머금고 물러갔습니다.

하루는 대군이 서궁 수헌(繡軒)에 앉아 계시다가 철쭉이 만발하였음을 보시고 시녀들에 명하여 오언절구(五言絶句)를 지어 올리라 하시었습니다. 대군이 보시고 칭찬하여 말씀하시었습니다.

"너희들의 글이 날로 점점 발전하므로 내 매우 가상히 여기거니와, 다만 운영의 시에는 뚜렷이 사람을 생각하는 뜻이 있구나. 전일 부연시(賦煙詩)에 있어서도 다소 그러한 뜻이 있었으나, 이제 또한 이와 같으니 네가 좇고자 하는 사람이 어떠한 사람이냐. 김생의 상량문(上樑文)[1]에도 의심할 만한 대목이 있었는데, 너는 김생을 생각하고 있지 아니하냐."

이에 저는 즉시 뜰에 내려 머리를 땅에 대고 울면서 고하였어요.

"대군께 한번 의심을 보이고는 바로 곧 스스로 죽고자 하였으나, 나이가 아직 30 미만이고, 또 부모님을 뵙지 아니하고 죽으면 구천지하(九泉地下)[2]에 죽어서도 유감이 있는 까닭으로 살기를 도적하여 여기까지 이르렀다가 또한 이제 의심을 나타냈사오니, 한번 죽기를 어찌 여기리이까. 천지 귀신은 밝게 살피소서. 시녀 다섯 사람이 잠시라도 떠나지 아니하였사온데, 더러운 이름이 홀로 저에게만 돌아왔사오니 살아도 죽는 것만 같지 못하옵니다. 제가 이제 죽을 바를 얻었사옵니다."

---

1) 집을 지을 때 기둥에 보를 얹고 그 위에 마름대를 올릴 때에 축복하는 글.
2) 구중의 땅 밑이란 뜻으로, 죽은 뒤에 영혼이 돌아간다는 곳. 저승.

　바로 곧 비단 수건으로 스스로 난간에다 목을 매었더니, 자란
이 말하였습니다.

　"대군께서는 이와 같이 영명한 죄 없는 시녀로 하여금 스스
로 죽을 땅에 나아가게 하시니, 이로부터는 저희들은 맹세코 붓
을 잡아 글을 짓지 아니하겠습니다."

　대군이 비록 크게 노하셨으나, 마음속으로 정말로 죽이고 싶
지는 아니한고로, 자란으로 하여금 구하여서 죽지 못하게 하고
는, 대군이 흰 비단 다섯 필을 내어서 다섯 사람에게 나누어 주
면서,

　"가장 잘 짓는 사람에겐 이로써 상을 주리라."

하셨습니다. 이러한 후로부터 진사는 다시는 출입하지 아니하
고, 문을 닫고 병으로 누워 눈물은 베개와 이불을 적시었으니,
목숨은 가는 실오라기와 같았어요. 특이 와서 보고는 말하였습
니다.

　"대장부 죽으면 죽었지, 어찌 상사원결(相思怨結)을 참고서
초조하게 아녀자와 같이 상심하여 스스로 천금 같은 귀한 몸을
버리려고 하십니까. 이제는 마땅히 계교로써 취하기가 어렵지
아니하옵니다. 깊은 밤 고요할 때에 담을 넘고 들어가서 솜으로
입을 막고 업고 뛰쳐나오면 누가 저를 감히 쫓으리이까."

　"그 계교도 또한 위험하니 정성을 다하여 물어 보는 것만 같
지 못하다."

　진사가 그날 밤 들어오셨으나, 저는 병이 들어 능히 일어나지
못하고, 자란으로 하여금 맞이해 들여 술 석 잔을 권하게 하고
는 봉서(封書)를 주면서,

　"이후로는 다시 볼 수 없을 것이니, 삼생(三生)의 인연과 백

년의 가약이 오늘 밤으로 다한 것 같습니다. 혹 천연(天緣)이 끊어지지 않았으면, 마땅히 구천지하에서 서로 찾게 되겠지요."
하고 말하였습니다. 진사는 편지를 받고는, 우두커니 서서 맥맥히 마주 보다가 가슴을 치고 눈물을 흘리면서 나가더이다. 자란은 처량하여 차마 볼 수 없어 기둥에 기대어 몸을 숨기고 눈물을 뿌리면서 서 있었습니다. 진사가 집에 돌아가서 봉서를 뜯어 보았습니다. 그 사연은 이러하였지요.

'박명한 첩 운영은 재배하고 낭군 족하(足下)에 사뢰옵니다. 제가 비박한 자질로서 불행히 낭군님의 유의한 바가 되어, 서로 생각하기를 몇 날이요 서로 바라보기를 몇 번이나 하다가 다행히 하룻밤의 즐거움을 나누었을 뿐, 바다같이 깊은 정은 다하지 못하였습니다. 인간 좋은 일에는 조물(造物)의 시기함이 많사옵니다. 궁인이 알고 대군이 의심하시와 화가 조석에 박두하였사오니 죽을 뿐이옵니다. 엎드려 원하건대, 낭군님께서는 작별한 후로 저를 가슴에 품어 두고서 마음을 상하게 하지 마시옵고, 힘써 공부를 하시와 과거에 급제하여 벼슬길에 오르고 후세에 이름을 날리시어 부모님을 나타나게 하시옵소서. 저의 의복과 보화는 다 팔아서 부처님에게 바치시와 백반(百般)[1]으로 기도하시고 지성으로 발원하시와, 삼생의 미진한 연분을 후세에서 나 다시 잇게 하여 주옵시면 좋겠습니다.'

진사는 능히 다 보지를 못하고 기절하여 땅에 넘어지니, 집사람들이 급히 구하여 다시 깨어났습니다. 특이 바깥에서 들어와,
"궁인이 무슨 말로 대답하였기에 이렇듯 죽으려고 하십니

―――――――――

1) 여러 가지.

까?"

하고 물었으나, 진사는 다른 말은 하지 않고 다만 한 가지만 말하였습니다.

"재보는 네가 잘 지키고 있느냐. 내 장차 팔아 가지고 부처님에게 바쳐서 숙약(宿約)을 실천하리라."

특이 집으로 돌아와서 혼자 생각하기를,

'궁녀가 나오지 아니하니 그 재보는 하늘과 나의 것이겠지.'

하며 벽을 향하여 남몰래 웃었으나, 사람들은 까닭을 알 수 없었어요. 하루는 특이 스스로 옷을 찢고 코를 쳐서 피가 흐르게 하여, 온몸을 더럽히고 머리를 흩뜨리고 맨발로 뛰어들어와서는 뜰에 엎드려 울면서,

"제가 강적의 습격을 받았습니다."

하고는 다시는 말을 아니하고 기절한 사람과 같이 하니, 진사는 특이 죽으면 보화를 묻어 둔 곳을 알지 못할까 봐 근심이 되어 친히 약물을 달여 여러 가지로 구하여 살려냈습니다. 술과 고기로 공궤(供饋)[2]하니 10여 일 만에 일어나서 말하기를,

"외로운 한 몸이 홀로 산중에서 지키고 있는데, 수많은 도적떼들이 습격해 왔습니다. 사세가 죽게 되었던 까닭으로 목숨을 걸고 도망해 와서 겨우 실오리 같은 목숨을 보존하게 되었거니와, 만일 그 보화가 아니었다면 제게 어찌 이와 같은 위험이 있으리이까. 그러하오나 명령을 어김이 이와 같으니 어찌 빨리 죽지 아니하리이까."

하고는 발로 땅을 구르고 주먹으로 가슴을 치면서 통곡을 하므

---

2) 음식을 줌.

로, 진사는 부모님이 알까 봐 두려워서 따뜻한 말로 위로하여
보냈다 합니다.

얼마 후 진사는 특의 소행을 알고 노복 10여 명을 거느리고
가서 불의에 그 집을 둘러싸고 수색을 하였으나, 다만 금팔찌
한 쌍과 운남보경(雲南寶鏡) 하나가 있을 뿐이었습니다. 그것을
장물(臟物)로 삼아 관가에 고소하여 찾아내고자 하나 일이 샐까
봐 두렵고, 만일 그 보화를 얻지 못하면 부처님에게 바칠 수가
없고, 특을 죽이고자 하나 힘으로 능히 누를 수 없어서 입을 다
물고 묵묵히 말을 하지 않고 있을 뿐이었습니다. 특이 스스로
그 죄를 알고는 곧장 밖에 있는 맹인(盲人)한테 가서 물었습니
다.

"내 일전 새벽에 이 궁장 밖을 지나다가 어떤 사람이 궁중에
서 담을 넘어 나오기로, 나는 도둑인 줄로 알고 큰소리를 치면
서 뒤를 쫓았습니다. 그놈이 가지고 있는 물건을 버리고 달아나
기에 내가 주워 가지고 돌아와서 감추어 두고 임자가 오기를 기
다리고 있었습니다. 우리 주인이 방 구석에서 무엇을 찾다가 내
가 물건을 주워 왔다는 말을 듣고 와서 찾기로 내가 다른 재화
는 없고 다만 팔찌와 거울 두 낱을 얻었다고 한즉, 주인이 몸소
들어와서 찾다가 과연 그 물건을 얻고도 또한 마음에 차지 않아
바야흐로 나를 죽이고자 합니다. 제가 달아나면 길(吉)하겠습니
까?"

맹인이,

"길하겠소."

하니, 그 옆에 있던 사람들이 듣고는 특을 보고,

"너의 주인은 어떠한 사람이관데 노복을 학대하기가 그와 같

은가."

하고 물었습니다. 특은,

"우리 주인은 나이는 어리지만 조만간 당당히 급제할 것이오 나, 탐욕하기가 그와 같으니 다른 날 조정에 설 때의 용심(用心) 을 가히 알 수 있지요."

하고 대답하였습니다.

이 말이 전파되어 궁중에 들어가고 궁인이 대군에게 고하니, 대군이 대노하시고는 남궁 사람으로 하여금 서궁을 찾아보게 한즉, 저의 의복과 보화가 모두 없어졌으므로, 대군이 서궁 시 녀 5인을 뜰 가운데 불러 놓고 형장(刑杖)을 눈앞에다 엄하게 갖추어 놓고는 영을 내려 말씀하시기를,

"이 5인을 죽여서 다른 사람을 징계하라."

하시고는, 또한 집장(執杖)[1]한 사람에게 분부하셨습니다.

"장수(杖數)를 헤아리지 말고 죽을 때까지 쳐라."

이에 5인은 호소하기를,

"원하건대 한번 말이나 하고 죽게 하여주소서."

하니 대군이,

"하고 싶은 말이 무엇인고. 그 사정을 다 말해 보아라."

하셨습니다. 은섬이 먼저 글월을 올리니 이러하였습니다.

"남녀의 정욕은 음양의 이치에서 받은 것이므로, 귀천을 막 론하고 사람은 누구나 다 가지고 있습니다. 한번 심궁에 갇히자 외로운 몸이 되어 꽃을 봐도 눈물이 눈을 가리며 달을 대하여도 넋을 잃어, 매화나무에 앉은 꾀꼬리로 하여금 짝을 지어 날지

---

1) 집장사령이라고 해서 장형을 집행하는 사람.

못하게 하며, 발 사이에 드나드는 제비로 하여금 양소(兩巢)를
얻지 못하게 하였사옵니다. 이것은 다름이 아니오라 스스로 정
욕의 뜻을 이기지 못함이며, 또한 투기의 정을 이기지 못해서
그러할 뿐이오니 어찌 슬프지 않으리까. 한번 궁장을 넘어가면
인간의 낙을 알 수 있사오나, 저희들은 오래도록 심궁에 갇히어
이와 같은 일을 하지 못하고 있사오니, 어찌 저희들의 힘으로
능히 할 수 있으며, 또 마음으로 참을 수 있으리이까. 오직 대
군의 위엄이 두려워서 이 마음을 굳게 지키고 있다가 시들어 죽
어질 뿐이옵니다. 궁중의 일에 있어서 이제 범한 죄가 없사옵는
데도 불구하고 죽을 땅에 두고자 하오시니, 어찌 원통하지 않으
리이까. 저희들은 구천지하(九泉地下)에서 죽어도 눈을 감을 수
없겠나이다."

　다음으로 비취가 올리니 이러하였습니다.

　"대군께서 사랑해 주신 은혜는 산보다 높고 바다보다 깊사온
데, 어찌 감동하옴이 없사오리까. 저희들이 대군의 깊은 은혜에
감축하고는 홀로 상궁에 거처하면서 달 밝은 가을, 꽃 피는 봄
날에도, 이 뜻을 변치 않고, 오직 문묵(文墨)[1]과 현가(絃歌)[2]에
종사하고 있을 따름이온데, 이제 씻을 수 없는 누명이 서궁에
미치고 말았사오니 어찌 원통하지 않으리이까. 살아도 죽는 것
만 같지 못하옵니다. 오직 엎드려 빌건대 빨리 죽을 땅으로 나
아가게 하여주옵소서."

　세 번째로 자란이 올리니 이러하였습니다.

　"오늘 일은 죄가 헤아릴 수 없는데 있사오니, 마음속에 품고

---

　1) 시문을 짓거나 서화를 그리는 사람.
　2) 거문고 등과 함께 어울려서 부르는 노래.

있는 바를 어찌 차마 숨겨 두리이까. 저희들은 여항(閭巷)[3]의 천녀(賤女)로서 아버지가 대순(大舜)[4]이 아니고 어머니가 이비(二妃)[5]가 아닌즉, 남녀간의 정욕이 어찌 홀로 저희들에게만 없겠습니까. 주나라 목왕(穆王)도 천자로서 매양 요대(瑤臺)[6]의 낙(樂)을 생각하였고, 항우(項羽) 같은 영웅도 해하(垓下)[7]의 눈물을 금치 못하였으며, 당현종(唐玄宗) 같은 영왕(英王)으로도 매양 마외(馬嵬)의 한(恨)[8]을 생각하였거니와, 대군께서는 어찌하여 운영으로 하여금 홀로 운우(雲雨)의 정이 없다고 할 수 있사옵니까. 김생은 곧 당대의 단정한 선비이온데 내당(內堂)으로 끌어들인 것도 대군께서 하신 일이오며, 운영에게 명하여 벼루로 받들게 한 것도 대군의 영이었습니다. 운영이 오래도록 심궁에 갇히어 있으면서 달 밝은 가을, 꽃 피는 봄날이면 매양 마음을 상하였고 오동잎에 떨어지는 밤비에 몇 번이나 애를 끊었습니다. 한번 호협한 남성을 보고 나서는 넋을 잃고 실성하여 병이 골수에 사무쳐서, 비록 죽지 않는 약과 월인(越人)[9]의 손으로 효력을 보기가 어렵게 되었사옵니다. 하루 저녁에 아침의 이슬과 같이 죽어지면, 대군께서 비록 측은한 마음이 있어 돌보고자 하신들 무슨 소용이 있겠습니까. 저의 어리석은 생각으로는 한번 김생으로 하여금 운영을 만나 보게 해서 두 사람의 맺혀진

---

3) 백성의 집이 모여 있는 곳.
4) 효자로 유명한 순 임금.
5) 순 임금의 두 왕비인 아황과 여영.
6) 선인이 산다는 집.
7) 중국 안휘성 회사도 영벽현 동남쪽의 땅으로, 기원전 202년에 한고조의 군사가 초나라 항우의 군사를 쳐서 크게 이긴 곳.
8) 중국 당나라 현종이 마외에서 총애하던 양귀비를 죽인 고사.
9) 중국 전국 시대의 명의. 성은 주, 월인은 이름임.

원한을 풀어 주실 것 같으면 대군의 적선(積善)이 막대할 것이옵니다. 전일 운영의 훼절(毀節)[1]은 죄가 저에게 있사옵고 운영에게는 있지 아니하오니, 저의 이 한 말씀은 위로는 대군을 속이지 아니하고 아래로는 동료를 저버리지 아니할 것입니다. 오늘의 죽음은 죽어도 또한 영광이라 생각하옵니다. 엎드려 바라건대, 대군은 저의 몸으로써 운영의 목숨을 이어 주시옵소서."

네 번째로 옥녀가 올리니 이러하였습니다.

"서궁의 영광을 저도 이미 같이하였사온데, 서궁의 액운을 저만이 면할 수야 있겠습니까. 곤강(崑崗)도 같이 타고 옥석(玉石)도 같이 타는데, 오늘의 죽음은 그 죽을 바를 얻었사오니 죽어도 유감이 없겠습니다."

끝으로 제가 말하였습니다.

"대군의 은혜는 산과 같고 바다와 같사온데, 능히 정절을 굳게 지키지 못하였사오니 그 죄 하나이며, 전후로 지은 시에서 대군께 의심을 보이고 끝내 바로 아뢰지 못하였사오니 그 죄 둘이옵고, 서궁의 죄 없는 사람들이 저로 인하여 같이 죄를 받게 되었사오니 그 죄 셋이옵니다. 이와 같은 큰 죄를 셋이나 짓고도 산들 무슨 면목으로 살며 만약 죽음을 면하여 주신다 하더라도 저는 마땅히 자결하여 처분을 기다리겠습니다."

대군은 보기를 마치고 또 한번 자란의 초사를 다시 펴 보시는데, 노염이 좀 풀리는 것 같으므로, 소옥이 꿇어앉아 울면서 고하였습니다.

"전날 빨래하러 갈 때 성안으로 가지 말자고 한 것은 저의 의

---

1) 절개를 깨뜨림.

견이었으나, 자란이 밤에 남궁으로 와서 매우 간절히 청하기에 제가 그 뜻을 안타까이 여겨 군의(群議)를 물리치고 따랐사옵니다. 운영의 훼절은 그 죄가 저의 몸에 있사옵고 운영에 있지 아니하오니 저의 몸으로써 운영의 목숨을 이어 주시옵소서."

이에 대군의 노여움이 좀 풀어져서 저를 별당에다 가두고 다른 궁녀들은 다 돌려보냈는데, 그날 밤 저는 비단 수건으로 목매어 죽었습니다.

진사는 붓을 잡아 기록하고 운영은 옛일을 당겨서 이야기하는데 매우 자상하였다. 두 사람은 마주 보고 슬픔을 스스로 억제하지 못하다가, 운영이 진사보고,

"이로부터 이하는 낭군님께서 이야기하옵소서."

하고 말하였다. 이에 진사가 이야기하기 시작하였다.

운영이 자결한 후 모든 궁인들이 통곡하지 않는 사람이 없어 부모가 돌아가신 것같이 하였습니다. 곡성이 궁문 밖에까지 들려 저도 또한 듣고서 오래도록 기절하여 있었습니다. 집사람들이 초혼(招魂)하고 발상(發喪)할 준비를 하는 한편 살려내기에 힘쓰니, 해질 무렵에서야 겨우 깨어났습니다. 정신을 차리고 스스로 생각해 보니 모든 일이 이미 끝난 것 같았습니다.

저는 공불(供佛)의 약속을 저버릴 수 없어 구천(九泉)의 영혼을 위로해 주고자 그 금팔찌와 보경(寶鏡)과 문방 제구를 다 팔아 가지고 쌀 40석을 사서 청녕사(靑寧寺)로 보내어 재(齋)를 올리고자 하였습니다. 그러나 믿을 만한 사람이 없기로 사환을 시켜 특을 불러오게 하고는 그에게 말하였습니다.

"내 너의 전날의 죄를 전부 용서해 줄 것이니, 이제 나를 위하여 충성을 다하겠느냐."

특이 엎드려 울면서,

"제가 비록 어리석고 간악하나 또한 목석이 아니옵니다. 한 몸에 지은 죄가 머리카락을 다 뽑으면서 헤아려도 헤아리기가 어려운 것을 이제 용서해 주시니, 이것은 고목에 잎이 나고 백골에 살이 붙는 것과 같사옵니다. 감히 진사님을 위하여 죽음을 다하지 아니하겠습니까."

하였습니다. 그래서 제가,

"내 운영을 위하여 초례(醮禮)[1]를 베풀어 놓고 불공을 드려 발원하고자 하나, 신임할 만한 사람이 없으니 네가 가지 않겠느냐."

하니 특이,

"삼가 분부를 받들겠습니다."

하고는, 즉시 절로 올라가서 3일을 궁둥이를 두드리면서 누워 놀다가 중을 불러 일렀답니다.

"40석의 쌀을 어디에 쓰겠소. 다 부처님에게 바치겠는가. 오늘은 술과 고기를 많이 장만해 놓고 널리 속객(俗客)을 불러 먹이는 것이 좋겠소."

그리고는 마을 여인이 지나가는 것을 보고 강제로 끌고 들어와 승당(僧堂)[2]에서 같이 자기를 수십 일을 지내고도 재를 올릴 생각을 하지 않더랍니다. 중들이 통분히 여기다가 그 초례날에 미쳐서 특을 보고 말하였답니다.

---

1) 혼인 지내는 예식.
2) 중이 좌선하여 거처하는 집.

"불공하는 일은 시주(施主)가 중하온데, 시주가 이와 같이 불결하여 일이 극히 미안하오니, 저 맑은 시내에 가서 목욕하여 몸을 깨끗이 하고 예를 행함이 좋겠소."

특은 마지못하여 나가 잠시 물로 씻고 들어와서는 부처님 앞에 꿇어앉아서 빌었지요.

"진사는 오늘 빨리 죽고 운영은 내일 다시 살아나 특의 짝이 되게 하여주소서."

이와 같이 3일을 밤낮으로 발원하는 말이 오직 이것뿐이었답니다. 특이 돌아와서 저에게 말하기를,

"운영 아씨는 반드시 살 길을 얻을 것입니다. 재를 올리던 그날 밤에 저의 꿈에 나타나서 지성으로 발원해 주니 감사한 마음 다할 수 없다고 하면서 절하고 울었으며, 중들의 꿈도 또한 그러하였다 합니다."

하므로, 저는 그 말을 믿었지요. 마침 계수나무가 누렇게 익는 계절이었습니다. 저는 비록 과거에 나아갈 뜻은 없었으나, 마음을 가다듬고 독서하고 있다가 청녕사에 올라가서 수일을 묵었습니다. 그 동안 특의 한 일을 중들로부터 자세히 듣고는 그 통분함을 이기지 못하였으나, 특이 없으니 어찌할 수 없었지요. 목욕하여 몸을 깨끗이 하고 부처님 앞에 나아갔지요. 절하고 머리를 대고 향을 사르면서 합장하고 빌었습니다.

"운영의 죽을 때의 약속이 하도 처량하여 차마 저버릴 수 없어 노복 특으로 하여금 지성으로 재를 올려 명복을 빌게 하였습니다. 그러나 이제 축언(祝言)을 들으매 그 패악(悖惡)함이 이루 말할 수 없고, 운영의 유언을 헛곳으로 돌아가게 하였사오니, 소자가 감히 무슨 면목으로 축언하리이까. 엎드려 바라건대, 부

처님께서는 운영으로 하여금 다시 살아나게 하시와 이 김생으로 하여 짝을 짓게 하시고, 운영과 이 김생으로 하여금 후세에 가서 이 원통함을 면하게 하여주옵소서. 또 부처님께서는 특을 죽여 철가(鐵枷)를 입혀 지옥에다 가두어 주시옵소서. 부처님께서 정말로 이 소원을 들어 주신다면, 운영은 비구니(比丘尼)가 되어 십지(十指)를 불살라 가지고 12층 금탑(金塔)을 지을 것이며, 이 김생은 비구승(比丘僧)이 되어 오계(五戒)[1]를 닦아 세 거찰(巨刹)을 지어 부처님의 은혜를 갚겠사옵니다."

빌기를 마치고 일어나 머리가 땅에 닿도록 수없이 절을 하고 나왔습니다. 그랬더니 7일 만에 특이 우물에 빠져 죽었습니다. 이런 후로부터 저는 세상 일에 뜻이 없어 목욕하여 몸을 정결히 하고 새옷으로 갈아입고 고요한 곳에 누워 나흘을 먹지 않았지요. 마침내 한번 깊이 탄식하고는 다시 일어나지 못할 몸이 되고 말았답니다.

쓰기를 마치자 붓을 던지고 두 사람은 마주보고 슬피 울면서 능히 스스로를 그칠 줄을 몰랐다. 유영(柳泳)은 위로의 말을 해주었다.

"두 사람이 다시 만났으니 소원이 없겠소. 원수인 종도 이미 없어졌고 통분함도 사라졌을 것인데, 어찌 슬퍼하여 마지않는가. 다시 인간에 나오기를 얻지 못하여 한함인가."

김생은 눈물을 흘리면서 사례하고 말하는 것이었다.

"우리 두 사람은 다 같이 원한을 품고 죽었기로 염라대왕이

---

1) 불교의 다섯 가지 계율. 곧 불살생(不殺生)·불투도(不偸盜)·불사음(不邪淫)·불망어(不妄語)·불음주(不飮酒).

그 죄 없음을 불쌍히 여겨 다시 인간에 태어나도록 하고자 하였습니다. 그러나 지하의 낙이 인간보다 못하지 않은데, 하물며 천상의 낙은 어떠하겠습니까. 이럼으로써 인간에 나아가기를 원하지 않습니다. 다만 오늘 저녁 슬퍼한 것은, 대군이 한번 돌아가시자, 고궁(故宮)에 주인이 없고 까마귀와 새들이 슬피 울고, 사람의 자취가 이르지 아니하기로 그랬을 뿐입니다. 게다가 새로 병화를 겪은 후로 빛나던 집이 재가 되고, 옥 같은 섬돌, 분 같은 담이 모두 무너지고 오직 섬돌 위에 피어 있는 꽃만이 향기롭고, 뜰에는 풀만이 깔리어 불빛을 자랑할 뿐이니, 그 옛날의 모습이 바꾸어지지 아니하였다고는 하지만, 인사(人事)의 변화가 쉬움이 이와 같거늘 다시 와 옛일을 생각하니 어찌 슬프지 아니하겠습니까."

"그러면 그대들은 천상의 사람인가."

"우리 두 사람은 본래 천상의 선인(仙人)으로서 오래도록 옥황상제를 모시고 있었더니, 하루는 상제께서 태청궁(太淸宮)에 앉아 저에게 옥동산의 과실을 따 오라 하기로, 제가 반도(蟠桃)[2]를 많이 따 가지고 와서 운영과 같이 먹다가 발각되어 진세에 적하(謫下)되어 인간의 괴로움을 골고루 겪다가, 이제 옥황상제께서 전의 허물을 용서하자 삼청궁(三淸宮)으로 올라가서 다시 옥황상제의 향안(香案) 앞에서 상제를 모시게 하였삽기로, 돌아가서 이때를 타서 바람의 수레를 타고 다시 진세의 옛날 놀던 곳을 찾아와 보았을 뿐입니다."

김생이 말을 마치고는 눈물을 뿌리면서 운영의 손을 잡고 또

---

1) 3천 년 만에 한 번씩 열린다는 장수의 선도(仙桃).

말하였다.

"바다가 마르고 돌이 불에 타 버린들 우리들의 정은 사라지지 않을 것이요, 또 땅이 늙고 하늘이 거칠어진들 우리들의 원한은 지우기 어려울 것입니다. 오늘 저녁에 존군(尊君)과 서로 만나 이와 같이 따뜻한 정을 나누었으니, 속세의 인연이 없으면 어찌 얻을 수 있겠습니까. 엎드려 바라건대, 존군께서는 이 원고를 거두어 가지고 돌아가시와 영원히 전해 주시옵고, 경솔한 사람들의 입에 전하여 웃음거리가 되지 않도록 하여주시면 매우 다행으로 생각하겠습니다."

그리고는 김생은 취하여 운영의 몸에 기대어 시 한 수를 읊었다.

꽃 떨어진 궁중에 연작이 날고,
봄빛은 예와 같건만 주인은 간 곳 없구나.
중천에 솟은 달은 차기만 한데,
아직 푸른 이슬은 우의를 적시지 않았네.
花落宮中燕雀飛 春光依舊主人非
中宵月色凉如許 碧露未沾翠羽衣

운영이 받아서 읊었다.

고궁의 고운 꽃은 봄빛을 새로 띠고,
천년 만년 우리 사랑 꿈마다 찾아오네.
오늘 저녁 예 와 놀며 옛 자취 찾아보니,
막을 수 없는 슬픈 눈물은 수건을 적시네.

故宮柳花帶新春 千載豪華入夢頻
今夕來遊尋舊跡 不禁哀淚自沾巾

　이때 유영도 취하여 잠깐 누워 있다가 산새 소리에 깨어났다. 구름과 연기는 땅에 가득하고 새벽빛은 창망한데, 사방을 살펴보아도 사람은 보이지 않고, 다만 김생이 기록한 책자만이 있었다. 유영은 쓸쓸한 마음 금할 수 없어 신책(神冊)을 거두어 가지고 돌아왔다. 장 속에 감추어 두고 때때로 내어보고는 망연자실(茫然自失)하여 침식을 전폐하였다. 후에 명산을 두루 찾아다니더니, 그 마친 바를 알 수 없다고 한다.

작품 해설

조선 중기의 한문 소설로, 일명 〈수성궁몽유록(壽聖宮夢遊錄)〉이라고도 부르며, 지은이와 집필 연대는 알려져 있지 않다.

내용은 선조 34(1601)년 봄, 유영이 세종대왕의 아들 안평대군의 옛집이있던 수성궁으로 들어가 놀다가 술에 취해 잠을 자고 있는 사이에 안평대군의 궁녀였던 운영과 운영의 애인이었던 김진사를 만나 그들의 슬픈 사랑을 듣는 얘기이다.

궁중에 갇혀 사는 궁녀의 몸인 운영과 안평대군을 찾아온 소년 선비 김진사는 서로 사랑을 나누었다. 그래서 김진사는 밤만 되면 담을 뛰어 넘어와 운영과 사랑을 속삭였다.

그러나 그들의 목숨을 초월한 모험적인 사랑은 안평대군에게 탄로나 운영은 옥중에서 자살을 하고 말았다. 김진사도 또한 운영의 뒤를 따라 자살함으로써 그들의 사랑은 비극적 종말로 끝맺었다.

이 작품은 궁녀들의 구속적인 궁중 생활의 번민과 궁녀의 신분적 해방을 주제로 한 조선 시대의 소설들 중 유일한 비극 소설이다.

이 작품은 사본으로만 전해 오던 한문본인데, 1925년에 한글 번역본이 나왔다.

영영전

선조대왕(宣祖大王)[1] 시절 성균관(成均館)[2] 진사에 김생(金生)
이라고 하는 소년 선비가 있었는데 얼굴이 뛰어나게 아름답고
풍채가 절륜하였다. 글을 잘하고 우스운 이야기를 잘하였으니,
참으로 세간에 있어서의 한 기남자(奇男子)였다. 향리에서는 풍
류랑(風流郎)이라고 하였고 나이가 겨우 15세에 진사 제일과(進
士第一科)에 오르니, 이름이 장안을 움직여 공경대가(公卿大家)
에서 사랑하는 딸을 시집 보내기를 원하고 재물을 논하지 아니
하였다.

하루는 김생이 성균관에서 집으로 돌아오다가 말 위에서 술
집의 파란 깃대가 푸른 버들, 붉은 살구나무 사이로 은은히 비
치는 것을 발견하였다. 그는 춘흥(春興)의 노곤함을 이기지 못

---

1) 조선 14대 왕. 덕흥대원군의 셋째 아들이며 명종의 양자. 당파 싸움이 시작되어 정권은
   당인들의 손에 있었고 임진왜란 후로는 명나라에 대하여 사대지성(事大至誠)으로 섬겼
   음.
2) 조선 시대 때 유교의 교회(敎會)를 맡아보던 관부. 태조 원년에 베풀었다가 융희 4년에
   폐했음.

하여, 외로움에 취함이 마치 목마른 것과 같았다. 마침내 술집으로 가서 술을 사서 마시고는 주루(酒樓)에 올라가서 취해 누워 있으니 꽃향기가 옷에 스며들고 이슬이 취한 얼굴에 올라왔다.

어느덧 저녁 해는 서산에 걸리고 날던 새들은 숲으로 돌아갔고 마부(馬夫)가 돌아가기를 재촉하니 김생은 일어나서 말에 올라 채찍을 휘두르며 길에 올랐다. 흰 모래는 원근에 깔려 있고 가는 버들은 시냇가에 휘늘어져 있었다. 놀면서 돌아가니 행길에는 사람들의 자취가 드물었다. 김생은 흥에 겨워 가만한 소리로 시를 읊으니 한 절구(絶句)[1]가 이루어졌다.

동쪽 언덕의 꽃이랑 버들을 완상하니,
말도 발을 멈추고 가지를 안누나.
어느 곳에 옥 같은 미인이 있느뇨,
복숭아꽃 덧없으나 정이사 한 있으랴.

읊기를 마치고 나서 취한 눈을 들어 보니 한 미인이 있어 나이가 겨우 이팔(16세)에 부드러운 걸음을 가볍게 옮겨 놓는데 티끌이 일어나지 아니하고, 허리와 다리가 휘청거렸고, 맵시 있는 태도로 혹은 가다가 혹은 그치고, 혹은 동으로 혹은 서쪽으로 이리 갔다 저리 갔다 하면서 혹은 돌을 주워 꾀꼬리를 놀라게 하고 혹은 버들가지를 휘어잡고 지는 해에 우두커니 섰기도 하고 혹은 옥비녀를 뽑아서 푸른 머리를 가볍게 걸어 올리기도

---

1) 한시의 근체시의 하나. 기·승·전·결의 네 귀로 되어 있음. 중국 육조의 악부에서 비롯하여 당나라 때에 정형화되었는데, 오언절구와 칠언절구가 있음.

한다. 푸른 소매는 봄바람에 휘날리고 빨간 치마는 맑은 시냇물에 비치었다.

김생이 바라보니 고운 이와 밝은 얼굴은 진실로 국색(國色)이었다. 김생은 말을 돌려 머뭇거리며 혹은 앞서고 혹은 뒤서고 하면서 정신을 쏟아 바라보느라고 마침내 능히 가지를 못하였다.

그 여인은 김생이 어떤 뜻을 가지고 있다는 것을 알아차렸는지 부끄러움을 머금고 눈썹을 나직이 하고는 감히 쳐다보지를 못한다.

그 여인이 좀 멀리 간 후에 김생이 뒤따라가 본즉 상사동(相思洞) 길 옆에 있는 두어 간이나 되는 조그마한 집으로 그 여인은 들어갔다.

김생은 이리저리 왔다갔다 하기도 하고 우두커니 섰기도 하며 서운한 생각을 걷잡을 수 없었다. 해가 이미 저문지라 도시 어찌할 수 없음을 알고 못마땅한 듯이 돌아오니, 멍하니 스스로를 잃어서 취한 것과 같고 바보와도 같았다. 밤중에 베개를 어루만지니 자도 잠자리가 편치 않고 때를 당하여도 밥 먹기를 잊고 먹어도 밥이 목을 내려가지 않았고 몸이 말라서 시든 나무와 같고 얼굴이 파리해져서 식은 재와 같았다. 남몰래 조심을 하고 묵묵히 말을 하지 아니하니, 비록 집안 사람들이 부모라도 왜 그러한가를 알 수 없었다. 10여 일이 지나갔다.

창두에 막동이라고 하는 자가 틈을 타 와서 뵈옵고는 눈물을 흘리면서 물었다.

"도령님은 언제나 웃으면서 말씀하시는 호방하고도 뛰어나시와 구애받은 일이 없사온데, 이제 수심 띤 얼굴을 하고 남 모르는 근심이 있는 것 같나이다. 어찌하여 근심하시기를 이와 같이 하시나이까?"

김생은 슬픈 듯이 느껴 깨닫고는 곧 사실대로 이야기하였더니 막동이는 한참 생각하다가 말하였다.

"제가 도령님을 위하여 좋은 계교를 말씀해 드리겠사오니 쓸데없는 애를 태우지 마옵소서."

"그러면 장차 어찌하겠느냐?"

"도령님은 급히 좋은 술과 맛있는 안주를 마련해 가지고 가장 호화스럽게 하시고서 바로 그 집으로 가서 장차 손님을 전송하는 사람의 모양과 같이 하고 한 간 방을 빌려 주식을 베풀어 놓고는 저를 불러, '손님을 청해 오라' 하시면 제가 명령을 받들고 갔다가는 한참 후 돌아와서 고하기를, '곧 오신다고 합니다' 하면 도령님이 또 명령하시와, '다시 가서 청해 오라' 하시면 제가 또한 명령을 받들고 갔다가는 해가 진 다음에 돌아와서 고하기를, '오늘 전송하는 사람이 하도 많아서 매우 취하여 갈 수 없으니 내일 오면 꼭 가겠다고 하더이다' 하고는 주인을 불러 내어 앉게 해서 술과 안주로써 취하도록 같이 마시고는 얼굴빛을 보지 아니하고 돌아왔다가, 다음날에 또한 그와 같이 하고 또 다음날에도 가서 그와 같이 하면 첫째로는 감사함을 품을 것이고, 둘째로는 은혜를 느낄 것이고, 세째로는 반드시 의심할 것이오니, 감사를 품은즉 갚음을 생각할 것이요, 은혜를 느낀즉 죽음을 생각할 것이며, 의심을 한즉 반드시 그 까닭을 물을 것입니다. 여기에 있어 흉금을 털어놓고 사실대로 이야기하면 틀림없이 성공할 수 있을 것이옵니다."

김생은 과연 그렇게 여기고 기쁜 듯이 웃으면서,

"네 생각에도 합당하니 그 계교에 따르리라."

하고는 곧 술과 안주를 마련해 가지고 바로 그 집을 찾아서 전송연(餞送宴)을 베풀어 놓고 노복이 왔다갔다 하면서 손님을 맞이하는 체하기를 창두의 말과 같이 하는데 노복이 또 돌아오자 재삼 명령하고 또한 약속한 바와 같이 하였다.

김생은 일부러 꾸짖고 나서,

"서운하구나. 그 사람이 가기(佳期)를 그르치기를 이와 같이 하고 말았으니……. 봄술을 가지고 와서 헛되이 돌아갈 수 없으니, 여기에 있어 주인을 위하여 한 잔 드리는 것도 또한 나쁜 일이 아니겠지."

하고는 주인을 불러 나오게 한즉, 70이나 늙은 할머니가 나와서 보았다. 김생은 감사의 뜻을 표하며,

"할머니께서는 거기에 편안히 앉으소서. 저희들은 손님을 전송하기 위하여 여기에 왔사온데 할머니께서 반가이 맞아 주셨기로 그 후의에 감사하여 마지않소이다."

하고는 즉시 막동을 불러 술과 안주를 드려라 명하고 그 노파와 술을 주고받고 하니 다정한 친구와 같았다. 이날 김생은 다른 말은 한 마디도 하지 않고 그대로 돌아왔다.

김생은 일전에 본 처녀에 대하여 혼자 생각해 보고 실로 그 노파의 딸인지 아닌지를 알 수가 없어 답답한 근심을 품으니 능히 스스로를 가누지 못하는 것과 같았다.

그 노파가 깊이 감동하기를 바라며 그 노파가 스스로 의심을 한 연후를 기다려서 사정을 이야기하기로 마음먹었다.

이튿날도 가기를 게을리하지 않았다. 그같이 하기를 두 번 세 번 하니, 그 노파는 과연 스스로 의심을 하고 얼굴빛을 가다듬

고 자리를 피하면서 말하였다.

"이 늙은 몸이 조용히 청할 말씀이 있삽니다. 길 옆의 집들이 짜이고 짜여 고기의 비늘과 같이 즐비하게 있어서 주연을 베풀고 손님을 전송함에는 어느 곳인들 다 좋을 터인데, 누추한 저희 집에 오시와 이같이 하시나이까? 그리고 도령님은 장안의 거족(巨族)이요, 사림(士林)¹이 선비시옵고 늙은 이 몸은 궁한 집 과부요 초야에 묻혀 사는 보잘것없는 사람이온데 앞서는 귀천함이 있고 뒤로는 평생의 옛정이 없는데도 불구하고 외람히 후의를 입어 이런 지극한 대접을 받사오니, 노신은 어찌하여 이것을 얻었는지 실로 그러한가를 알 수 없삽니다."

김생은 웃으면서 말하였다.

"내 손님을 전송하고자 함이라, 별로 다른 말은 없소. 그리고 할머니와 더불어 근심하지 않는 것은 손님과 주인 사이의 예로서 당연한 것이오."

술이 얼근히 취함에 있어서 김생은 문득 빨간 보자기를 풀어 비단적삼 하나를 그 노파에게 주면서 말하였다.

"매양 할머니를 괴롭히고도 갚을 것이 없사와 일로써 신(信)을 삼노니 다른 날 두고두고 보시면서 저를 생각해 주시면 다행이겠소이다."

그 노파는 물리치지 아니하고 더욱 깊이 감동하고 또한 더욱 의심이 들었던지 바로 일어나서 절을 하며 말하였다.

"도령님의 주심이 이에 이르러 늙은이의 감동함이 매우 더하거니와 혹 무슨 까닭이 있어서 그러하십니까? 정녕 노신이 과

---

1) 유림. 유도(儒道)를 닦는 학자들.

부가 되어 살아온 지가 오래 되었지만, 이웃에 살고 있는 사람
도 항상 돌봐 줌이 없었거늘 하물며 도령님에 있어서는 말할 나
위도 없나이다. 혹 도령님께서 노신에 대한 소망이 있을 것 같
으면 비록 죽는 일이 있더라도 거절하지 않겠나이다."

김생은 웃으며 대답을 않다가 그 노파가 애써서 물은 다음에
야 비로소 빙그레 웃으면서 말하였다.

"이 동명은 무엇이라 하지요?"

"상사동(相思洞)이라 하옵니다."

"그 동명이 참 좋군요."

노파도 웃으면서 말하였다.

"도령님은 이 늙은이에 대하여 부탁할 말이나 바라는 것은
없나이까? 다만 이 동네는 운화(雲華)의 옛봄도, 위랑(魏郎)의
풍류(風流)와 같은 아무것도 없나이다. 도령님께서 어떤 미인을
생각하고 있을 줄을 알고 있으나 꼭 거기에만 마음을 두고 있지
는 않겠습지요?"

김생은 슬픈 듯이 얼굴빛을 잃고 말하였다.

"내가 할머니의 후대를 받았는데 어찌 사실대로 고하지 아니
하겠소? 과연 모월 모일(某月某日)에 모처(某處)로부터 오다가
노상에서 한 낭자를 보니 나이가 어리고 푸른빛 적삼에다 비단
치마를 입고 백릉(白綾)의 버선에다 자줏빛 나는 신을 신고 진
주로 머리카락을 가늘게 매고 눈빛나는 옥가락지를 가는 손가
락에 끼고서 홍화문(弘化門)[2] 앞길을 돌아 이리 갔다 저리 갔다
하면서 갑다. 내가 연소한 협기로 춘정(春情)이 들뜸을 금할

---

2) 창경궁의 정문. 조선 시대 시대의 건물로서 현존하는 가장 오래된 건물의 하나로, 장중
하고 우아하며 화려함.

수 없어 뒤를 따라 가 보았더니 다다른 곳이 바로 할머니의 집
이었소. 이로부터 마음으로 취하기 진흙과 같아 만사를 잊고 오
직 그 낭자만을 생각하니 맑은 눈동자 흰 이가 꿈 속에도 보여
마음이 무너지고 애가 끊어지는 것같은 괴로움이 하루 이틀이
아니었소이다. 할머니는 나의 얼굴빛이 파리해진 것을 보면 어
떠하였는가 알 수 있을 것이오. 그래서 이와 같이 할머니 집에
와서 괴롭히며 손님을 전송하는 것같이 해서 할머니의 마음을
사려고 하였던 것이오."

그 노파는 듣고 나서 그 뜻을 깊이 동정하였으나 김생이 생각
하고 있는 사람이 어떤 낭자인가를 알 수 없었다. 곰곰히 생각
하기를 한참 하다가 시원하게 깨달음이 있었는지 입을 열었다.

"그 낭자는 곧 죽은 형의 딸로서 이름을 영영(英英)이라 하고
자를 난향(蘭香)이라 하옵거니와 만약 그렇다면 정말로 어렵소
이다."

"어떤 까닭에서요?"

"그 애는 곧 회산군(檜山君) 댁 시녀입니다. 궁중에서 태어나
고 궁중에서 자라 문앞의 길을 밟지 못한 지가 오래 되었나이
다. 얼굴의 아름다움은 이미 도령님께서 본 바이오니, 반드시
도령님보다 못하지는 않을 것이옵니다. 행동이 부드럽고 마음
이 유순하여 선비 집안의 딸과 다름없사옵고 거기에다 음률(音
律)을 잘하고 글을 잘하는 까닭으로 진사께서 사랑하시며 돌보
아 주시고는 장차 애첩을 삼고자 하나, 부인의 투기함을 능히
면치 못하고 부인의 잔소리가 강 건너 범의 울음소리보다도 더
무서워 이럼으로써 뜻을 이루지 못하고 있삽니다. 일전에 영아
(英兒)가 여기에 오는 것을 꺼리지 아니하였음은 그때 한식절

(寒食節)¹⁾을 당하여 그 애 죽은 부모 영혼을 여기에 와서 제사를 지내는 까닭으로 부인에게 여가를 청하여 왔을 뿐이옵니다. 그런데 마침 진사님의 출유(出遊)를 당하여 여기에 올 수 없을 것이니, 도령님은 어떻게 해서 만나 보시렵니까? 도령님을 위하여 한번 만나 보게 해주고 싶은 뜻은 있으나 정말로 어렵겠나이다."

김생은 하늘을 우러러 크게 탄식하면서 말하였다.

"나는 죽으리로다."

노파는 매우 근심하고 동정을 금치 못하는 듯 말하였다.

"정 방법이 없으면 한 가지 있나이다. 단오가절(端午佳節)²⁾이 다만 한 달이 남았으니 그때가 오면 노신이 마땅히 망형(亡兄)을 위하여 다시 소전(小典)을 베풀고, 이로써 부인 앞에 가서 아뢰고 영아에게 하루의 여가를 주십사고 청할 것 같으면 혹 그만 일을 기대할 수 있을 것 같나이다. 그러니 도령님께서는 돌아가시와 만나 볼 그때가 오기를 기다리는 것이 좋겠나이다."

이에 김생은 기쁜 듯이 말하였다.

"과연 할머니의 말대로 될 것 같으면 인간의 5월 5일은 곧 천상의 칠석(七夕)³⁾이오."

---

1) 동지로부터 105일째 되는 날. 4월 5, 6일쯤임. 이날 나라에서는 종묘와 각 능원에 제향을 지내고 민간에서도 성묘를 함. 중국의 오래된 풍습에 이날은 비와 바람이 심해 불을 금하고 찬밥을 먹는 습관에서 왔다는 설과, 진(晉)나라 때 개자추가 이날 불에 타 죽었으므로, 그를 애도하는 뜻에서 이날은 불을 금하고 찬 음식을 먹는다는 설이 있음.

2) 명절의 하나. 음력 5월 초닷샛날. 고래로 농경의 풍작을 기원하던 제삿날이었으나, 그 뒤 주로 농촌의 명절로서 수리치를 넣어 둥글게 절편을 하여 먹고 여자는 창포 물에 머리를 감기도 하며 그네를 뛰고 남자는 씨름을 하고 놂.

3) 명절의 하나. 음력 7월 초이렛날의 밤. 이날 은하 동쪽에 있는 견우성이 서쪽에 있는 직녀성과 오작교에서 1년에 한 번 만난다고 함.

하고 김생은 그 노파와 서로 작별을 나누며 만복이 있으라는 말을 하고 물러나왔다.

김생은 집에 돌아와 고개를 들고 해가 기울어지기를 바라보며 오로지 밤 오기만을 기다리니 하루를 보내기가 삼추(三秋)와 같고 가기(佳期)를 기다리자니 아직도 가까와 오지 않은 것과 같이 아득하였다. 종이와 붓에 붙여 그 답답한 마음을 펴서 그리운 사람을 생각하는 한 노래를 지었다.

봄날은 고요한데 뜰에 핀 이화꽃은,
꽃의 풍우, 꽃의 풍상(風霜), 생각한들 볼 수 없건만 소리조차 끊어졌네.
춘정이 부푸는 나이에 미인을 만났으니,
내 마음이 어이 고요하리.
하늘을 우러러 생각하니 꽃을 봐도 애끓기고,
바람 쏘여도 눈물지네.

김생이 가기(佳期)가 미쳐서 가 본즉 그 노파가 나와 맞이하여 매우 기뻐하였다. 김생은 안부를 물은 외에는 다른 말은 하지 않고 조용히 물었다.

"사세가 어떠하오?"

"이제 부인 앞에 나아가서 전하기를 매우 간절히 하였더니 부인이 말씀하기를, '진사께서 평일에 영아의 출입을 금하기를 매우 엄하게 하는고로 나로서는 감히 쫓을 수 없거니와, 그대가

---

1) 귀인을 따라가서 전송함.

원한다면 만일 진사께서 내일 출유하시거든 배송(陪送)[1]하고 나서 데려갈 것 같으면 내 영아가 잠시 없은들 무엇을 꺼리겠소?'라고 하였사오니, 부인의 허락은 틀림없거니와 다만 진사가 출유하시는지 아니하시는지를 알 수가 없나이다."

김생은 믿어지기도 하고 의심도 들고 또한 기쁘기도 하고 두렵기도 하여 마음을 능히 안정시키지 못하고 슬픈 듯이 책상에 기대 앉아 문을 열어 놓고 기다려 보았다.

해가 거의 오시(午時)[2]가 되려고 하여도 나타나는 그림자는 거의 없었다. 가슴이 타고 애가 끊어져 굳은 듯이 앉아 바보가 되니, 서리가 내린 후의 파리가 꼼짝하지 못하는 것과 같았다.

김생은 일어서서 부채를 휘둘러 기둥을 치면서 그 노파를 불러 말하였다.

"바라보고 있자니 눈이 닳아지는 것과 같고, 근심하는 창자가 끊어지는 것과 같소. 다소(多少)의 행인들이 가까와졌다가 다른 데로 가니, 나의 희망은 끊어지는 것이 아니오?"

그 노파는 위로하며 말하였다.

"지성(至誠)이 감천(感天)이라니, 도령님은 좀 안정하시지요."

얼마 후 창 밖에 신을 끄는 소리가 먼데서부터 가까이 왔다. 김생이 놀라며 돌아보니 곧 영영낭자였다. 김생은 손뼉을 치면서,

"어찌 하느님의 덕이 아니리요."

하고 그 노파도 또한 기뻐하기를 어린이가 어머니를 본 것과 같

---

1) 12시의 일곱째 시. 곧 오전 11시부터 오후 1시까지.

앗다. 영영은 문앞 푸른 버들에 매어 둔 붉은 말이 뜰 가 시원
한 그늘 밑에서 길게 우는 것을 보고는 데리고 온 종을 세워 놓
고 괴어쩍게 여겨 머뭇거리면서 감히 바로 들어오지 못하였다.
이에 그 노파는 영영을 부르면서 말하였다.

"애야 빨리 들어오너라. 아무런 의심할 것 없단다. 너는 이
도령님을 알지 못하겠지? 도령님은 곧 나의 죽은 남편의 친척
이란다. 마침 이 누추한 집에 와서 장차 손님을 전송하고자 하
거니와, 또한 오기가 어찌하여 그리 늦었느냐? 나는 네가 수이
오지 않을까 봐 두려워서 이미 네 부모의 제사를 지냈다. 너는
빨리 안으로 들어가서 잔과 쟁반을 가지고 나와 도령님에게 술
이나 한 잔 따라 드리는 것이 좋겠다."

영영(英英)이 그 말대로 쟁반을 받들고 오니, 그 노파는 김생
과 더불어 잔을 들고 서로 권하였다. 술이 얼근하자 김생은 영
영을 보고 말하였다.

"낭자도 앉으시오. 내가 잔을 돌릴 차례가 왔군."

영영이 수줍은 듯이 얼굴을 나직이 하고 감히 얼굴을 바로 대
지 못하매 그 노파는 말하였다.

"네가 깊은 궁중에서 나고 자랐기 때문에 세정(世情)이 가까
이 있음을 알지 못하는구나. 너는 글을 잘 알면서도 수작(酬酌)
하는 예의가 있는 줄을 알지 못하느냐?"

영영은 잔을 받아들고 주저주저하더니 향기 어린 술잔을 잡
아 잠깐 빨간 입술에 대었다가는 놓을 뿐이었다. 잠시 후 그 노
파는 취한 듯이 자리를 피하고 정신을 잃은 듯이 영영을 돌아보
며,

"내 술기운으로 인하여 몸이 곤하고 기분이 매우 고르지 못

하기로 내 좀 편안히 쉬어야겠으니 네가 잠시 모시고 앉았거라."

하고는 바로 곧 일어나 안으로 들어가서 침대에 넘어지니 취해 자며 코고는 소리가 우뢰와 같았다. 이에 김생은 영영을 보고 말하였다.

"일전에 부자묘(父子廟)로부터 오다가 홍화문(弘化門) 앞길에서 서로 본 적이 3월 초하루였거니와 낭랑(娘娘)은 그때를 기억하고 있는지?"

"말〔馬〕은 기억하고 있사오나 사람은 기억하지 못하고 있사옵니다."

"사람이 말만 못하오?"

"말은 보았으나 사람은 보지 못하였나이다."

"낭랑은 어찌 사람만 기억하지 못하고 있소? 얼굴빛이 파리하고 모습이 말라서 일전에 서로 볼 때와 같지 아니한 것은 어찌 까닭없이 그러하였겠소? 낭랑은 나 아닌데 어찌 나의 마음을 알겠소?"

영영은 웃으면서 말하였다.

"도령님은 제가 아닌데 어찌 저의 마음을 아시리요?"

김생은 자리를 옮겨 가까이 앉아서 사실대로 고하고 말했다.

"원망스럽소, 낭랑이여. 낭랑은 어찌 이다지도 무정하오? 한번 스스로 상봉한 후로 다시는 서로 만나 보지 못하고 서로 그리워하면서도 서로 만나지 아니한 지가 이제 해 달이 지나갔으니 원망스럽도다. 낭랑이여! 나는 낭랑이 옴을 기다려서 다시 살아났소이다."

영영은 미소만 할 뿐 대답을 하지 않았다. 김생은 영영을 여기에 만류해 놓고 밤을 새우며 같이 자고자 하였다. 그러나 영영은 안 된다고 하면서 말하였다.

"우리 진사님은 아침에 출유(出遊)하였다 저녁에야 돌아오시나이다. 돌아오면 저를 불러 옷을 벗기게 하는데 휘청거리는 연약한 몸으로 만번 죽을 곳에 빠질 수는 없나이다. 이러므로 다만 낮을 택하여 오고 밤을 택하여 오지 않는 것이옵니다."

김생은 영영이 오래도록 여기에 머물러 있을 수 없음을 깨닫고는 서운한 표정을 하고 바라보면서,

"정말 그 말과 같으면 이제 이 마음을 어떻게 하였으면 좋겠소이까? 날은 이미 저물고 작별할 때가 닥쳐왔는데 훗날 만남이 쉽지 아니하리니, 아무리 생각해 보아도 다시 만나기가 어려울 텐데 낭랑은 잠깐 동안의 즐거움이 안타깝지 않으오?"

하고는 영영을 끌어안고자 하였다. 이에 영영은 옷깃을 여미고 안색을 바로 하고 말하였다.

"제가 목석과 같은 사람이라 도령님의 마음속 일을 알지 못하였나이다. 다만 진사님이 제가 박정하게 대함에도 마음을 변치 않고 밤낮으로 앞에 있게 하여 저를 믿고 일을 맡기시므로, 중문 밖을 나가지 못하고 있다가 오늘 여기에 온 것은 이미 엄명(嚴命)을 범하고 말았나이다. 만일 또한 불법을 마음대로 행하여 추한 소문이 날 것 같으면 죽어도 남을 죄가 있사오니 비록 도령님의 말씀을 좇고자 한들 그것이 옳은 일이겠나이까?"

김생은 다리를 치고 탄식하면서,

"내 어찌 살으리요? 황천(黃泉)[1]의 사람이 되고 말았구료."

---

1) 중국 오행에서 땅 빛을 노랑으로 한 데서 나온 말. 사람이 죽어서 간다는 곳.

하고는 도리어 영영의 희디흰 손목을 잡아 끌어안고 젖가슴을
어루만지며 다리를 갖다 대 보기도 하고 마음으로 하고자 한 바
를 다 해 보았으나 오직 운우(雲雨)²⁾의 즐거움만은 이룰 수가
없었다.

김생은 영영의 정욕을 고무시키며 정성을 다하여 백단(百端)
으로 유혹하며 말하였다.

"새도 급히 날고 토끼도 빨리 뛰나니, 세월은 꿈 흐름과 같아
서 붉은 꽃이 떨어지고 푸른 잎이 시들어지면 나비도 생각을 멀
리 할 것이니, 이것과 무엇이 다르리까? 얼굴에 붉음이 시들어
가고 머리에 흰 머리가 나부끼면 그만이오. 아침에는 구름이 되
었다가 저녁에는 비가 된다는 양대(陽臺)의 신녀(神女)도 본래
에는 정해진 사람이 없었으며 푸른 바다 넓은 하늘 달 속의 항
아(姮娥)도 후회하고 선약(仙藥)을 도적하였다오. 새들은 미물
이면서도 나래를 나란히 하고 초목은 우둔하면서도 마주 보고
서는데, 하물며 욕정이 모이는 데 있어서 어찌 인간만이 그 이
치가 다르겠소? 봄 바람에 호접의 꿈은 특히 공방(空房)을 괴롭
게 하고 달밤에 두견새의 울음은 유달리 외로운 배게를 놀라게
하는데, 어찌 당나라 시인 두목지(杜牧之)³⁾만이 봄을 찾아 만년
을 꽃답게 보냈겠소? 위(魏)나라 우언(寓言)에 항아를 바라보다
가 청춘의 해를 헛되이 보내고서 공연히 황천의 한만을 끼쳤으
니, 저 서릉(西陵)의 푸른 나무는 천 년을 지나는 동안 황막한
언덕이 되어 고요하고, 장신궁(長信宮)은 밤새 내리는 가을비에
쓸쓸하도다 하였으니…… 슬프도다, 내 마음에 섭섭히 여기는

---

2) 남녀가 육체적으로 서로 어울리며 노는 모양.
3) 중국 당나라 말기의 시인. 호는 번천. 시풍은 호방하면서도 아름다움.

바는 낭랑의 무정함이니 이 몸이 살아서 무엇하리요? 죽어서
없어질 뿐이오."

그러나 끝내 영영은 순종하기를 좋아하지 않고 말하였다.

"도령님께서 뜻을 저에게 두시었다면 다른 날 서로 찾는 것
이 좋을까 하나이다."

김생은 그렇게 할 수 없다고 하면서 말하였다.

"음용(音容)을 한번 이별하면 궁문(宮門)이 깊이 싸여서 편지
를 붙이고자 한들 전달할 길이 없을 것이니, 어찌 다른 날 낭랑
의 두 푸른 눈동자를 즐거운 마음으로 바라볼 수 있겠소?"

"그것은 제가 어찌 알겠습니까마는 이달 보름 밤에 진사와
왕자제군(王子諸君)이 완월회(翫月會)를 하자고 약속하였삽기로
그날에는 반드시 밤에 잠깐 들어왔다가 나갈 것이옵니다. 또한
궁의 담이 마침 풍우로 인하여 무너졌으나, 진사께서 천천히 고
치려 하고 있기 때문에, 아직까지 고치지 아니하고 있나이다.
도령님께서 그날 어두워진 다음에 오셔서 무너진 담으로 깊이
들어오시면 가운데 짧은 담문이 있으므로 꼭 열어 놓고 기다리
겠사오니, 그 문으로 담을 따라 내려오면 동쪽 섬돌 십보(十步)
가량 되는 곳에 별침(別寢) 두어 간이 있사옵니다. 도령님께서
거기에 몸을 숨기고 계시면서, 제가 나와 맞이하도록 기다리면
우리들의 가기(佳期)에 무슨 어려움이 있사오리까?"

이에 김생은 자못 그렇게 여기고서 굳게 약속을 정하였다. 손
을 나누어 작별하고 같이 길을 떠났다. 점점 남북으로 멀어지
니, 김생은 말을 세우고 머리를 돌려 바라보며 말없이 넋을 잃
을 따름이었다. 김생은 일로부터 깊은 생각이 더욱 심해졌다.
곧 시 한 수를 지어 스스로를 슬퍼하였다.

깊고 깊은 저 궁 안에 고운 님 갇혀 있네.
손을 놓아 작별 후론 서로 소식 아득하여라.
이날도 잊지 못해 예쁜 얼굴 알뜰한 사랑,
하루 속히 서로 만나 좋은 인연 맺었으면.

지난 일을 생각노니 수심은 비가 되고,
가기를 고대하니 하루 해가 한 해 같네.
십오야 달 밝은 밤 고운 임 찾고지고,
다락 올라 달을 보며 그 옛날을 다시 찾네.

김생은 때가 오자 가 보았다. 과연 무너진 담이 있어 넉넉히
들어갈 수 있었다. 담을 넘어 들어가서 어두운 곳을 지나, 깊은
곳을 뚫고 들어간 곳에 작은 문을 찾았다. 밀어 보니 닫혀 있지
않았다. 들어가서 동쪽으로 내려가니 과연 별침(別寢)이 발견되
었다. 마음속으로 기뻐하며 속삭였다.
  '영영은 과연 나를 속이지 않았구나!'
  김생은 그 별침에 몸을 던져 영영이 나오기를 기다렸다.
  때에 흰 달은 점점 높아지기 시작하고 서늘한 바람이 잠시 일
어났다. 섬돌 위의 꽃밭에는 그윽한 향기가 떠돌고 뜰 앞은 푸
른데 연한 연기는 새뜻한 느낌을 주었다. 갑자기 문을 여는 소
리가 안으로부터 들려왔다. 김생은 믿을 수도 있고 의심도 나
서, 숨소리를 죽이고 가만히 들어 보니 발자국 소리가 점점 가
까와지고 옷의 향기가 스며 오기에, 눈을 뜨고 보니 곧 영영이
었다. 김생은 나아가서 등을 어루만지며 속삭였다.
  "애인 김모(金某)는 여기에 있소."

"도령님은 크게 믿을 수 있는 선비로소이다."

하고는, 바로 손을 붙잡고 가까이 앉아 안부를 물었다.

"만번 죽을 것을 참고, 겨우 남은 목숨을 보전하고 있었을 뿐이오."

"어떤 까닭으로 그러하옵니까?"

"땅은 가깝고 사람은 먼 까닭이오."

그들은 속삭이느라고 밤이 깊어가는 것도 깨닫지 못하였다. 김생은 밝은 달을 보다가 놀라면서 말하였다.

"처음 내가 올 때에 저 달이 동쪽에 있었는데, 벌써 중천에 떠 올랐으니 밤중이 되려고 하오. 이때를 타 운우(雲雨)의 즐거움을 이루지 않으면 장차 어느 때를 기다리겠소?"

하고는, 곧 영영의 옷깃을 잡고 풀려 하니 영영이 막으면서 말하였다.

"도령님은 어찌 저를 뽕나무 사이에서 노는 여인과 같이 대하시나이까? 따로 잘 방이 있사오니 거기에 가서 이 좋은 밤을 조용히 보내사이다."

김생은 고개를 끄덕이면서 말하였다.

"내 이미 법을 범하였고 또한 죽지 못한 기구한 몸이 여기에 왔거니와, 어찌 두번 다시 여기를 오겠소. 무릇 일은 만전을 기해야 하거늘, 만약 또 당돌한 짓을 자행(恣行)하다가는 일이 누설될까 두려워 하오."

"일의 누설이 오직 저에게만 있는 것이 아니오니, 도령님은 쓸데없는 애를 태우지 마옵소서."

하고는, 손을 잡아 허리를 껴안고 들어가므로, 김생은 마지못하여 허리를 구부리고 떨면서 문으로 들어가니 깊은 못에 다다른 것과 같고 땅을 밟기를 엷은 얼음을 밟는 것과 같이 하며, 매양 한 발을 옮길 때마다 가슴이 두근거리고 땀이 나서 등에 고이니, 능히 스스로를 깨닫지 못하는 것과 같았다. 여러 번 굽은 섬돌을 돌고 돌아 낭하(廊下)를 거쳐서 문으로 들어가기를 두서너 번 그렇게 한 후에야 대내(大內)에 달하니, 궁인들은 깊이 잠들었고 뜰 안은 고요하였다. 오직 사창(紗窓)을 보니 푸른 등이 깜박이고 있으니 부인의 침소임을 알 수 있었다. 영영이 김생을 이끌고 한 방으로 들어서면서,

"도령님은 또 잠깐만 쉬고 있으소서."

하고는 바로 곧 안으로 들어가서 오래되어도 나오지 않았다. 김생은 마음의 안정을 얻지 못하여 혹은 앉았다 혹은 누웠다 하나, 불안하기 이루 말할 수 없었다. 이때에 어떤 자가 궁문으로 들어와서 아뢴다.

"진사님이 돌아오시나이다."

뜰에 가득히 켜 놓은 촛불이 휘황하고 시녀와 비복이 좌우로 분주하면서 진사를 옹위하고 들어왔다. 진사가 만취되어 뜰 가운데 누워서 깨지 아니하고, 코고는 소리는 점점 높아 갔다. 영영은 부인의 명을 받들고 진사에게,

"찬바람에 오래 누워 있으면 바람에 몸 상할까 두려워하옵니다."

하고는 진사를 끌어 일으켜서 부축하고 안으로 들어가니, 사람의 소리도 점점 끊어지고 불도 또한 꺼졌다.

영영이 오른손에 옥등(玉燈)을 들고 왼손에는 술병을 들고 와서 문을 열고 본즉, 김생이 흙벽에 발을 괴고 서서 숨을 죽이고 있었다. 영영은 웃으면서 김생을 보고,

"도령님께서는 놀라고 두려운 마음이 없으시온지요? 제가 위로해 드리고자 따뜻한 술을 가지고 왔나이다."
하고는 금하엽잔(金荷葉盞)에다 술을 따라서 김생에게 권하였다. 김생은 사양하면서,

"내 마음이 낭랑의 정에 있지 술에 있지 않소."
하며 곧 치우도록 명하였다. 방안을 돌아보니 다른 물건은 없고, 다만 주홍 빛깔의 서안(書案)이 있고 두초당(杜草堂)의 시집 한 권이 놓여 있는데, 백옥서진(白玉書瑱)으로써 낭간(琅玕)[1]을 지키고 있고, 탁상에는 한 단금(短琴)이 놓여 있다. 김생은 바로 시 두 귀를 지어 가지고 먼저 노래를 불렀다.

금서가 새뜻하고 먼지가 없으니,
정녕코 빈 방 안의 한 옥 같은 미인이로세.

영영도 이어서 읊었다.

오늘 저녁 알 수 없네. 어떠한 저녁인지,
비단이불 옥자리에 고운 님을 맞이하리.

이에 서로 붙들고 베개를 가까이 하니 못내 그리운 정을 겨우 표현할 수 있었다.
밤이 다하려 하는데 새벽닭이 '꼬끼오' 하면서 날 새기를 재촉하고, 먼데서 들려오는 새벽종은 은은히 고요함을 깨치었다.

---

1) 경옥의 한 가지. 암록색 내지 청벽색을 발하는 반투명의 아름다운 돌. 중국산으로 고래로부터 장식에 쓰임.

김생은 일어나 옷을 입고는 한숨을 두어 번 쉬고 말하였다.

"좋은 밤은 이다지도 짧디짧고 우리의 사랑은 무궁한데, 장차 올 이별을 어찌 하며, 한번 궁문을 나가고 나면 다시 만남을 기약하기가 어려우니 이 심정을 어이하리까."

영영이 듣고 소리를 마치고 느껴 울면서, 고운 손으로 눈물을 뿌리며 말하기를,

"홍안박명(紅顔薄命)은 옛부터 있다니 어찌 홀로 존재 없는 저만이리까? 살아서 이같이 이별하고 죽어서도 이같이 원통하면, 그 죽고 사는 것은 꽃이 시들고 잎이 떨어지는 것과 같으니, 장차 세월이 차짐을 기다리지 않겠나이다. 도령님은 남아의 철석 같은 마음으로 어찌하여 초조하게 여자를 생각하여 마음을 상하시나이까? 원하건대 도령님께서는 이별한 후로 저의 얼굴을 가슴에 품어 두시와 때때로 마음을 상하게 하지 마시고 천금같이 귀하신 몸을 잘 보존하시옵고, 또 학업을 폐하지 마시고 과거에 뽑히시고 벼슬길에 올라 평생의 소원을 다 펴신다면 매우 다행으로 여기겠나이다."

하고는 토호필(兎毫筆)을 뽑아 용미연(龍尾硯)을 열고 응풍전(鷹風牋)을 펴 놓고 칠언율시(七言律詩)를 쓰고는 이별에 붙여 읊었다.

몇 날을 그리다가 오늘이야 상봉하니,
사창 가 휘장 속에서 손도 만져 보고,
얼굴도 가까이 해 보았나이다.
등 앞에서는 시도 그만두고 속삭임도 그만두사이다.
침상에서 놀라 깨면 새벽종이 들려옵니다.

은하수는 맑지 않은데 오작이 흩어지는 것을,
무산을 어찌하면 다시 운우를 깃들게 할까요.
한번 이별 나누면 소식이 없을 것을 아득히 알건마는,
머리를 돌려 바라보니 궁문이 깊이 싸여 닫혀 있네요.

김생은 보고 나서 슬픔을 이기지 못하여 눈물이 떨어지는 것
도 깨닫지 못하였다. 바로 붓을 적시어 화답하였다.

등불 꺼진 사창에 지는 달이 비치기로,
견우 직녀 손을 나누니 은하수가 사이 하였네.
좋은 밤의 일각은 천금과 같다는데,
이별 눈물 짜서 내니 온갖 원한 녹아 흐르네.

이로부터 가기가 쉽게 막히리니,
옛부터 좋은 일엔 마가 많나니,
다른 날 미진한 인연 다시 이어 서로 만나면,
끝없는 우리 사랑 늙도록 갖고지고.

영영이 펴서 보고자 하나 눈물이 떨어져 글자를 적시어서 능
히 다 보지를 못하고 걷어 가지고 품속에 감추고는 맥맥(脈脈)
히 말하지 않고 손을 잡고 서로를 바라볼 뿐이었다.
이때에 새벽동이 희미해지고 동창이 밝아지려는 듯하였다.
영영이 곧 김생을 붙잡고 나가 무너진 담 밖에서 전송을 하는
데, 양인은 서로 흐느낄 뿐 능히 울음을 거두지 못하니 죽어 이
별하는 것보다도 더 처량하였다.

김생은 집으로 돌아와 넋을 잃고 마음을 잃으니, 보아도 물건을 볼 수 없고 들어도 소리를 들을 수 없었다. 다행히 때때로 들려오는 소식이 있어서 거기에 마음을 붙이고 지낼 수 있었다. 편지 한 장을 써서 간곡한 뜻을 이루고자 하였으나, 상사동의 노파가 이미 죽었기 때문에 보낼 길이 없어 한갓 쓸쓸히 바라보면서 헛되이 몽상(夢想)만 할 뿐이었다. 세월은 흐르고 흘러 백가지 근심이 쌓인 가운데 삼추(三秋)가 이미 지나니 정에 따라 일이 변하고 상념과 회포도 좀 풀었다.

김생은 다시 옛일에 종사하며 경서(經書)1)에 마음을 쏟고 있다가 과거(科擧)의 날짜가 오자 여러 선비들과 같이 시험장에서 두각을 다툴새, 다시 오르고 다시 이기어서 천 명 가운데서 장원(壯元)으로 뽑히었다. 영광이 일세를 비치니, 사람들은 어깨를 나란히 하지 못하였다. 3일을 유가(遊街)2)할새 앞에서는 계화(桂花) 쌍개(雙蓋)가 인도하고, 뒤에서는 천동(天童)이 호위하고 비단옷을 입은 창부가 좌우에서 재주를 보이고, 악기를 잡은 공인들은 상성(象聲)을 아울러 연주하니, 구경꾼이 뜰에 가득하여 천상랑(天上郎)을 바라보는 것과 같았다. 김생은 취한 듯도 하고 깬 듯도 하여 의기가 호탕하여졌다. 채찍을 잡고 말에 오르니 한눈에 1천 집을 홀연히 바라볼 수 있었다. 길 옆에 있는 높은 성, 긴 담은 100보 가량 굽어졌고 푸른 기와 붉은 난간이 사면에 빛나고 1천 가지 꽃, 백 가지 풀은 섬돌 뜰에 향기를 피

---

1) 유교의 경전. 《역경》·《서경》·《시경》·《예기》·《춘추》·《대학》·《논어》·《맹자》·《중용》 등.
2) 과거의 급제자 광대를 데리고 풍악을 잡히면서 거리를 돌면서 좌주·선진자 및 친척을 찾아보는 것.

우고, 춤추는 나비 미친 벌은 숲동산에 앵앵거리고 있었다.

김생이 물어 본즉 회산군(檜山君) 댁이라고 하였다. 김생은 문득 옛일이 생각나서 마음속으로 남 몰래 기뻐하며 일부러 취한 체하고 말에서 떨어져 일어나지 않았다. 궁인들이 문에 나와 모여 섰고 구경꾼은 저자와 같았다. 때에 회산군은 돌아가고 이미 삼년상(三年喪)이 지났었다. 소복(素服)을 처음으로 벗고 난 부인은, 고요한 곳을 찾아 쓸쓸히 지내고 있으니 회포가 없을 수 없었다. 배우(俳優)의 재주를 보고자 시녀로 하여금 부축케 하고 서헌(西軒)으로 들어가서 문이 있는 비단자리에 누워 죽침을 베고 있었다.

김생이 눈을 딱 감고 있으니 깨어날 수 없는 것과 같았다. 창부와 공인 들은 뜰 가운데 벌려 서서 뭇 음악을 일시에 연주하고 온갖 재주를 갖추어 베푸니, 궁중에 시녀들이 붉은 얼굴에 화장을 하고 푸른 머리를 주름같이 땋고서 주렴을 걷고 구경하는 자가 여남은 이나 되었다. 그러나 영영이라고 하는 궁녀는 거기에 없었다. 김생은 마음속으로 이상하게 여겼으나 그 생사를 능히 알 수 없었다. 가만히 살펴보니 한 낭자가 나와 김생을 바라보다가 들어가서 눈물을 닦고는 나왔다 들어갔다 하면서, 능히 마음을 걷잡지 못하고 있으니 곧 영영이었다. 차마 김생을 보지 못하고 눈물을 막지 못하고 사람에게 발각될까 봐 두려워하고 있으니, 김생을 바라보는 마음은 매우 처량하였다. 날은 벌써 저녁이 되려는 무렵이었다. 김생은 여기에 오래도록 머물러 있을 수 없음을 알고 비틀거리면서 일어나 돌아보고는 놀라면서 말하였다.

"여기가 어딘고?"

궁중의 늙은 장획(藏獲)[1]이 달려와서 대답하였다.

"회산군 댁이옵니다."

김생은 더욱 놀라면서 말하였다.

"내가 여기에 무엇하러 왔을까?"

장획이 사실대로 대답하니 김생이 바로 나가고자 하거늘 부인은 김생의 과음(過飮)을 근심하고 영영에게 명하여 차를 받들어 올리게 하였다. 두 사람이 서로 가까이 하였으나, 한 말도 하지 못하고 한갓 눈으로 말을 주고받고 할 뿐이었다. 영영이 차를 올리고 나서 일어나 안으로 들어가려고 하는데 봉투 하나가 품속에서 떨어졌다. 김생은 주워 가지고 소매 속에 감추고 나와서 말에 올라 집으로 돌아와 뜯어 보니 그 편지의 사연은 이러하였다.

'박명한 첩 영영은 재배하며 금랑(金郞) 발 앞에 사뢰옵나이다. 제가 살아서 서로 따르지 못하고 또 능히 죽지도 못하여 시들어 가는 뼈 아직 남아 있는 기침으로 지금까지 살고 있사온데, 어찌 저의 적은 정성으로 낭군님을 생각하고 있지 않겠나이까? 하느님은 어찌하여 무심한지요. 복사꽃이 피고 오얏꽃이 피며 따뜻한 바람이 부는 봄날에도 저는 깊이 궁에 갇히어 있고 오동잎에 비가 떨어지는 밤에도 저는 빈 방에 갇히어 있습니다. 거문고를 오래 폐하니 거미줄이 상자에 얽히고 경대를 쓰지 않고 감추어 두니, 티끌과 먼지가 향합(香盒)[2]에 가득하였나이다. 해가 기울어지는 저녁 하늘에 저의 한(恨)은 더하였고 새벽별

---

1) 장은 사내종, 획은 계집종의 뜻.
2) 제사 때에 피우는 향을 담는 합. 사기 · 놋쇠 · 나무 등으로 동글납작하고 위아래 짝이 있게 만듦.

그믐달에 누가 저의 마음을 생각해 주리이까? 다락에 올라 멀리 바라보니 구름이 저의 눈을 가리고 창에 기대어 조니, 수심은 저의 혼을 끊으니 오호 낭군이시여! 어찌 슬프지 않겠나이까? 제가 또 불행하여 노파가 세상을 버리시고 나서는 편지를 부치고자 한들 전달할 길이 없어 한갓 낭군님의 모습만을 생각하니 매양 애가 끊어지는 듯하였나이다. 가령 이 몸이 다시 한번 뵈옵기를 얻는다 하더라도 꽃다운 얼굴이 어느 사이에 시들어졌으니 사랑을 어찌 베풀 수 있겠나이까? 알지 못하오나 낭군님께서는 아직도 저를 생각하고 계시는지요. 하늘이 거칠어지고 땅이 늙어도 저의 한은 끝이 없사오니 슬프외다. 어찌 하오리까? 죽어질 뿐입니다. 종이를 대하니 처연(凄然)[1]한 마음 금할 수 없어 사뢰올 말씀을 알지 못하겠나이다.'

라고 하였고, 사연 다음에 다시 칠언절귀(七言絶句) 다섯 수가 씌어 있었다.

좋은 인연 도리어 나쁜 인연 되었나니,
낭군님을 원망하리까 다만 하늘을 원망합니다.
행여나 옛날 사랑 식지 않고 살아 있다면,
황천으로 오시거든 이내 몸 찾아 주소서.

하루가 열두 시로 똑같이 나누는데,
한 시인들 하루인들 상사치 않음이 있으리까.
상사하면 어느 날에 서로 볼 수 있을까요.

---

1) 쓸쓸하고 구슬픈 모양.

깊은 한 가진 사람 이별 있어 그러하온지요.

버들잎 마르고 꽃 시들은 이내 사랑 같사온데,
거울 속의 끼친 근심 흰 머리 나게 합니다.
이로부터 저에게는 좋은 일 없사온데,
담 머리의 새벽 까치 누구 위해 우옵니까.

님 여의고 돌아와서 방 안 티끌 차마 쓸지 못하였음은
낭군님의 앉았던 그 자취 사랑하여 그럽니다.
적막한 깊은 궁에 소식조차 끊어지니,
봄비에 지는 꽃이 중문을 가리옵니다.

편지를 부치고자 하나 부칠 바이 없어,
붓은 물고 몇 번이나 돌았는지요, 푸른 창가에를.
공연히 이별한 후 상사 눈물 짓게 하여,
눈물이 방울방울 편지지에 떨어져 얼룩져 퍼집니다.

김생은 보고 나서 침음(沈吟)[2]하고 슬퍼하면서 차마 손에서
놓을 생각을 하지 않았다.
김생은 그리움이 사무침이 그전보다 배나 더하였다. 그러나
소식을 전하기가 어렵고 기러기가 끊어진지 오래 되어 편지를
부칠 수 없으며, 끊어진 거문고의 줄을 잇고자 하나 능히 이을
수 없고 깨어진 거울을 다시 둥글게 하고자 하나 하기 어려워

---
1) 입속으로 웅얼거리며 깊이 생각함.

근심하는 마음이 초조하고 전전하나 소용이 없었다. 얼굴이 파리해지고 몸이 쇠잔하여 자리에 눕자마자 병이 들어 두어 달 지나갔다.

마침 같은 나이에 이정자(李正字)라고 하는 친구가 있어 김생한테 문병을 왔다. 김생은 손을 잡아 하소연하며 병이 위중하다고 말하였다. 정자는 놀라고 위로하며 말하였다.

"자네의 병은 나으리라. 저 회산군 부인은 나에게 고모가 되어 의리가 절실하고 인정이 절친하오니, 소회를 달성할 수 있을 것일세. 또한 부인은 소천(所天)[1]을 잃은 후로부터 유명보응(幽明報應)[2]의 설(說)을 믿고서, 가산과 보화를 아끼지 아니하고 희사(喜捨)와 보시(布施)[3]를 잘하기로, 내 자네를 위하여 애써 보겠네."

김생은 너무 기뻐서,

"뜻밖의 오늘 제산도사(第山道師)를 다시 만났도다!"

하고는 신신부탁하며 약속을 정하고는 재배하며 전송하였다. 바로 그날 정자는 부인 앞에 가서 이야기하였다.

"모월모일(某月某日)에 장원급제한 사람이 취하여 문 앞을 지나가다가 말에서 떨어져 인사를 차리지 못하므로 고모님이 시비에게 명하여 서헌(西軒)으로 부축하여 들인 일이 있사옵니까?"

"있지."

"그리고 영영에게 명하여 차를 올려 목마름을 위한 있사옵니

---

1) 아내가 남편을 부르는 말.
2) 이승과 저승에서 인과에 따라 선악이 되갚음됨.
3) 깨끗한 마음으로 법이나 재물을 아낌없이 사람에게 베풂.

까?"

"있네."

"그 사람은 바로 소질(小姪)의 친구로 장원(壯元)한 김모이옵니다. 사람됨이 재기(才器)가 범인에서 지나고 풍도(風度)가 속되지 않아 장차 크게 될 인물이옵니다. 불행하게도 상사의 병이 들어 문을 닫고 누워서 신음하고 있은 지 벌써 두어 달이 되었다 합니다. 제가 아침 저녁으로 왔다갔다 하면서 문병하는데, 피부가 파리해지고 기식이 엄엄하여 명이 조석에 있기로, 매우 안타까이 여겨 병이 든 이유를 물어 본즉, 영영으로 인함이라 하옵니다. 알지 못하겠습니다만, 영영으로 김생을 따르게 해주시는 것이 어떻겠습니까?"

부인은 듣고 나서 감격하여,

"내 어이 한낱 영영을 아껴 사람으로 하여금 죽음에 이르도록 하겠느냐?"

하고는, 바로 곧 영영으로 하여금 김생의 집으로 가도록 하였다. 이에 두 사람이 서로 만나니 그 기쁨이야 짐작하고도 남음이 있을 것이다.

김생은 기운을 차려 다시 깨어나고 수일 후에는 일어나게 되었다. 이로부터 김생은 공명을 영원히 사양하고 마침내 다른 여자를 취하지 아니하고 영영으로 더불어 살았다 한다.

작품 해설

조선 시대의 소설로, 지은이와 집필 연대는 알려져 있지 않다. 일명 〈상사동기(相思洞記)〉·〈상사동전객기(相思洞餞客記)〉·〈회산군전(檜山君傳)〉 등으로 불리기도 하며, 한문본이다. 필사본으로만 전해 오고 있으며 5, 6종이 된다.

성종조 성균진사에 김생이라는 소년 선비가 있었다. 용모가 준수하고 풍채가 헌출했다. 하루는 김생이 술을 사가지고 성밖의 경치 좋은 곳에 가서 놀다가 한 미인을 만났다. 김생이 그 미인의 뒤를 따라가 보았더니 상사동에 있는 와실로 들어갔다.

김생은 그 미인을 한번 보고 돌아온 후로 상사병이 들어 죽게 되었다. 이에 김생이 그 집을 찾아가자 한 노파가 나와 맞이했다. 김생은 그 노파에게 미인과의 관계를 묻자 이름은 영영이고 현재 회산군의 시녀로 있다고 알려주었다. 김생은 그 노파에게 중매해 달라고 졸랐고, 결국 많은 우여곡절을 겪은 끝에 김생은 영영이라고 부르는 그 미인과 결혼해서 해로했다.

 이 작품은 궁 안에 사는 궁녀와 궁 밖에 사는 선비와의 애절한 사랑을 그린 소설이다. 구성이나 표현에 있어서 조선 시대 소설이 공통적으로 지니고 있는 단점인 사건 전개의 우연성이나 전기성을 조금도 찾아볼 수 없이 인과에 의해 구성했다. 이 작품은 적절한 구성에 현실적인 표현을 써서 남녀의 연애가 통속적으로 전개되지 않고 조선 소설의 공통적인 권선징악의 주제성도 없다. 가장 현실적인 두 남녀의 모험적인 사랑을 박력 있게 표현했다는 점에서 애정 소설로 확실히 성공한 작품이라고 할 수 있다.

백학선전

　명(明)나라의 홍무(洪武)¹⁾ 연간에 남경(南京) 땅에 한 명환(名宦)이 있었으니, 성은 유(劉)요, 이름은 태종(太宗)이라 하더라. 대대로 충효(忠孝)로 가문의 명성을 이어서 그의 벼슬이 삼공(三公)에 이르렀고, 음양의 이치에 따라서 사리를 살피면서 임금을 도와 물망이 조야(朝野)에 떨치더라.

　이때 조정에 한 간사스러운 신하가 있었는데, 이름은 처전(處佺)이요 벼슬이 병부시랑(兵部侍郞)이었다. 그는 황제²⁾의 총애가 두터우므로 만조백관이 그에게 아첨하더라. 처전은 유상서(劉尙書)가 자기를 따르지 않고 엄정함을 시기하여 몰래 해치려고 하였으므로 유상서가 그 눈치를 알고 벼슬을 버리고 고향에 돌아와서 경운조월(耕雲釣月)³⁾하여 성세한민(盛世閑民)⁴⁾으로 생

---

1) 명나라 태조 1(1365)년에서 태조 31(1398)년. 고려 공민왕 17년에서 조선 태조 7년
　에 해당함.
2) 명나라 태조를 말함. 태조는 오나라 주원장이 황제가 되어 국호를 명이라고 함.
3) 밭을 갈고 낚시로 세월을 보낸다는 뜻으로, 초야에 묻혀 사는 것을 말함.
4) 시대가 한창 융성하고 백성들이 한가하다는 뜻으로, 생활이 넉넉함을 말함.

활이 넉넉하였으나 슬하에 일점 혈육이 없어서 쓸쓸하더라.

하루는 갈건도복(葛巾道服)으로 죽장을 짚고 명산의 풍경을 찾아서 한가롭게 유람하였는데, 때마침 춘삼월 호시절이라. 백화가 만발하고 양류(楊柳)는 청사(靑絲)를 드리운 듯하고, 두견새는 슬피 울고, 물소리가 시원하매 자연 사람의 심회를 감동시켰으며, 곧 집으로 돌아와서 부인 진씨(陳氏)에게 탄복하면서,

"우리가 남에게 적악(積惡)한 일도 없는데, 한낱 자식이 없어서 조선향화(祖先香火)[1]를 끊게 되니 무슨 면목으로 지하에 돌아가서 조상을 뵈옵겠소. 유명지간(幽明之間)에 죄를 면치 못하겠으니, 옛 사람도 일월성신(日月星辰)께 빌어서 자식을 혹 얻었으니 우리도 정성을 드려 봅시다."

하고 후원(後園)의 깊은 곳에 단을 모으고 밤마다 부인이 기도를 올렸는데, 하루는 부인이 피곤하여 병풍에 기대서 잠깐 졸고 있을 때에, 홀연히 서쪽에서 오색 구름이 일어나면서 옥빛 같은 백학(白鶴)을 타고 선동(仙童)이 내려와서,

"저는 상계(上界)[2]의 선동이온데 천상(天上)에서 득죄하고 갈 바를 모르던 차에, 북두성(北斗星)이 부인에게로 가라고 하시기에 왔사오니, 부인은 저를 가엾게 여기시고 사랑하여 주십시오."

하고, 품속으로 들어왔으므로 부인이 놀라서 깨어 보니 남가일몽(南柯一夢)[3]이라. 부인은 곧 남편 유상서를 청하여 꿈 이야기

---

1) 조상께 제사 지냄. 향화는 제사에 향을 피운다는 뜻으로 제사의 다른 말.
2) 천상계. 즉 하늘 위의 세계.
3) 당나라 때에 이공좌가 쓴 《남가기(南柯記)》에서 유래된 말로, 꿈과 같이 헛된 한때의 부귀영화를 말함.

를 전하고 부부가 함께 기뻐하니라. 과연 그 달부터 태기가 있어서 10삭 만에 부인이 침석에게 순산하니, 하늘에서 한 쌍의 선녀가 내려와서 순산한 아이를 받아 눕히고,

"이 아이의 장래의 배필은 서남 땅에 있으니 인연을 잊지 마시오."

하고 홀연히 하늘로 돌아가니, 부인이 정신을 차리고 시녀를 시켜서 유상서를 청하여 그 이상한 선녀들의 예고를 전하더라. 상서가 이상하게 여기고 아이를 보니 인물이 이미 비범하므로 기뻐하고 생년월일을 기록한 후에 이름을 백로(白魯)라 하고, 자를 우(佑)라 하더라.

세월이 유수같이 빨리 지나서 백로의 나이가 열 살이 되매, 얼굴과 풍채가 세상에 뛰어나고 용기가 절인(絶人)하며 효성이 극진하므로 부부의 사랑함이 비할 데가 없더라.

성남(城南)에 한 처사(處士)⁴⁾가 있었는데 호는 운수(雲水)선생이라, 선생이 도학(道學)이 고명하였으므로, 백로가 그 선생에게 학문을 배우고자 하여 부친에게 청하기를,

"제가 듣자오니 성남에 고명한 선생이 있다 하오니, 그 선생에게 학문을 배우려고 합니다."

부친 유상서가 백학선(白鶴扇)을 아들에게 주면서,

"이 부채는 선세(先世) 적부터 유전하는 보배라, 범연히 알지 말고 잘 간수하라."

하고 분부하자, 백로가 백학선을 받아들고 집을 떠나니라.

한편 이부상서(吏部尙書) 조성노(曹成努)는 대대로 명문거족

---

4) 세파의 표면에 나서지 않고 조용히 자연에 묻혀 사는 선비.

이요, 사람됨이 인후공검(仁厚恭儉)[1]하여 부인 순씨(順氏)와 동거 40년에 일점 혈육이 없어 슬퍼하더니, 하루는 조상서가 부인에게,

"우리 부부 신수가 기구하여 한낱 자녀가 없으니 조상에게 죄짐을 면하지 못하니 어찌 슬프지 않으리요."

하니 부인이 대답하여,

"제 죄가 지중하여 혈육이 없으니 불효삼천에 무후대(無後代)[2]가 제일이라 하니, 다른 숙녀를 택하여 자손을 보십시오."

하고, 부인이 둘째 부인 맞기를 자청하므로 이에 조상서가 탄식하고,

"이것이 또한 팔자소관인데 어찌 부인을 저버리겠소. 사찰(寺刹)과 도관(道觀)[3]에 정성으로 자식을 빌어 얻는 일이 종종 있으니, 우리도 시험하여 봅시다."

하고 도관을 두루 찾아 도축(禱祝)하더니, 하루는 부인이 피곤하여 잠시 조는 사이에 오색구름이 남방에서 일어나며 풍악 소리가 들리매, 순씨가 구경하려고 사창(紗窓)을 열고 바라본즉, 공중에서 선녀 하나가 금덩을 타고 순씨 앞에 이르러 절을 하고는,

"우리는 옥황상제의 시녀였는데 칠월칠석(七月七夕) 은하수에 오작교(烏鵲橋)[4]를 놓은 죄로 인간으로 쫓겨 내려오다가, 일월성신이 댁으로 지시하시기로 왔으니 부인은 가엾이 여기시고

---

1) 어질고 후덕하고 공손하고 검소함.
2) 대를 이어갈 자손이 없음.
3) 도사가 수도하는 산의 깊은 곳.
4) 칠월 칠석에 견우와 직녀의 두 별을 서로 만나게 하기 위해 까막까치가 모여 은하에 놓는다는 다리.

이 선녀의 배필을 잊지 마십시오."

하고, 선녀가 금덩에서 나와서 방 안으로 들어오니라. 이에 부인이 감격하여 방을 소제하고자 하다가, 문득 깨달으니 꿈이더라. 남편 조상서를 청하여 그 꿈 이야기를 전하자 상서가 크게 기뻐하고,

"창천이 우리 지성에 감동하셔서 귀녀를 점지하신 길한 꿈이오."

하고 해몽하였으며, 그 달부터 부인에게 태기가 있어서 10삭이 찼을 때, 방 안이 향기가 자욱하며 부인이 순산하니라. 이때 한 쌍의 선녀가 내려와 아기를 받아 눕히고, 향수로 씻긴 후에 홀연히 간 데가 없었으므로 시녀가 그 기이한 일을 조상서에게 고하기로, 상서가 급하게 내당(內堂)으로 들어와서 아기를 보고 기뻐하여 마지않았고, 딸의 이름을 은하(銀河)라 하고 보옥같이 귀여워하더라.

세월이 흘러서 은하의 나이 열 살이 되었을 때, 하루는 유모가 소저를 데리고 외가에 다녀오는 길에, 유자(柚子)를 따 가지고 길가에서 쉬고 있었는데, 마침 유백로가 행리를 차려서 성남으로 운수선생을 찾아가다가 한 곳에 이르니, 행인이 없는 고요한 길가에 노파가 소저를 데리고 앉아 있으므로 잠깐 눈을 돌려서 보니, 소저의 나이 비록 어리나 화용월태(花容月態)[5]가 고금에 제일이라, 마음이 황홀하여 취한 듯하여 곧 흠모하고 그 호의를 시험하려고 앞으로 가서 소저가 갖고 있는 유자를 주기를 청하였더니, 소저가 반가와하면서 유자 두어 개를 유모를 통하

---

5) 아름다운 여자의 고운 용태를 일컫는 말.

여 주더라. 백로가 사례하고 받아 먹은 후에 속으로 생각하되,

'온 천하를 돌아다니며 숙녀를 구하더라도 저런 절대가인은 없을 거다.'

백로는 약속을 하여 보려고, 백학선에 정표하는 글을 두어 구지어 써서 유모를 주면서 소저에게 드리라고 청하였더니 소저 그 백학선을 받아보니 기이한 부채라 반갑게 사례하고 간수하였는데, 소저는 천정배필(天定配匹)이었으므로 자연히 서로의 마음이 끌렸기 때문이더라. 백로가 유모에게 소저의 성명을 물어서, 기억하고 길을 떠났는데, 소저는 백로가 멀리 가도록 그의 뒤를 바라보며 흠모하여 마지않더라.

유백로는 성남의 운수선생을 찾아서 제자가 되어 공부한 지 3년에 문장이 세상을 놀라게 할 만큼 이미 거룩하게 되었고, 부모 생각이 간절해져서 선생에게 귀성(歸省)의 허락을 받고 집에 돌아와서 부모를 뵈옵자, 유상서 부부가 반겨서 아들의 손을 잡고 학업의 성취를 칭찬하고 기뻐하니라. 하루는 부친이 백로에게 백학선을 가져오라고 하니 백로가 난처해서 거짓말로,

"도중에서 우연히 분실하였기로 황송하옵니다."

"세전지물(世傳之物)[1]을 네가 잃었으니 어찌 지하에 가서 조상을 뵙겠느냐?"

하고 한탄하니 백로가 황공해서 감히 얼굴을 들어 더 변명하지 못하고 있을 때에 시동(侍童)이 들어와서, 손님이 오셨다고 고하므로 유상서가 외당(外堂)으로 나가서 보니, 병부상서(兵部尙書) 문공(文公)이니라. 서로 인사를 하고 자리를 정한 뒤에 문상

---

1) 대대로 전해 내려오는 물건.

서가 유상서에게 묻기를,

"귀댁에 귀한 자녀가 몇이나 되십니까?"

유상서가 눈썹을 짐짓 찌푸리면서,

"오직 일자(一字)가 있을 뿐입니다."

문상서가 그 아들을 잠깐 보여 달라는 의외의 청을 하므로 백로를 불러서 문상서에게 배면(拜面)하게 하더라. 문상서가 백로를 한번 보고 대단히 칭찬하고 한참 환담하고 돌아가니라. 백로를 보고 집으로 돌아간 문상서는 부인 유씨(劉氏)에게 유랑(劉郞)의 기이함을 말하고, 서랑²⁾ 삼기를 마음으로 정하더라.

이튿날 문상서 부인은 매파를 유상서 댁에 보내서 정식으로 청혼하므로 유상서는 전부터 문소저(文少姐)가 아름답고 얌전한 규수라는 소문을 듣고 있었으므로 곧 찬성하고 허혼(許婚)하려고 하였으나, 백로가 깜짝 놀라서,

"제 생각으로는 장차 입신(立身)한 후에야 혼사를 정하고자 하오니, 지금 한 말씀은 제 뜻을 이루게 하여주십시오."

"오, 네 말이 옳다."

하고, 부친은 문상서 집의 구혼을 그런 의미로 거절하니라. 이때의 유백로의 나이 18세로서 문장이 뛰어나고, 풍채가 늠름하여 보는 사람들이 모두 칭찬하여 마지않더라. 이 무렵에 황제께서 태평과거(太平科擧)를 시행하였는데, 사방에서 선비가 구름같이 황성으로 모여들더라.

백로도 장중(場中)에 들어가서 시지(試紙)³⁾를 펴 놓고 한번 붓을 들어 글을 지으매, 주옥을 흩은 듯이 글자 하나 고칠 점이

---

2) 사위.

3) 과시(科詩)에 쓰이는 종이.

없었으며, 빨리 글을 지어서 바치고 다른 선비들이 애쓰는 광경을 두루 보면서 필하기를 기다리더라.

이윽고 시관의 심사가 끝나고 방을 붙였는데 장원급제는 '전임(前任) 이부상서 유태종의 아들 유백로'라고 장내에 울렸고, 백로가 나가서 시관의 인도로 황제 어전에 봉명(奉命)¹⁾하고 시립(侍立)²⁾한즉, 황제가 보시고 크게 기뻐하며 어주(御酒)를 하사(下賜)하시고,

"경의 선조는 대대로 국가에 대공(大功)을 이룬 극히 소중한 신하들이었으니, 경도 이번 과거로 나라의 주석지신(柱石之臣)³⁾이 될 것이니 어찌 기쁘지 않으리요."

하고 그에게 한림학사(翰林學士)를 제수하시고, 그의 부친 유태종도 기주 자사(岐州刺史)로 임명하여 사신을 보내시니라. 유상서는 아들 백로를 과거에 보내고, 꼭 급제하기를 바라고 있던 차에 명사(命使)가 내려와서 상명(上命)을 전하였으므로 감격하여, 유상서 북향사은(北向謝恩)하고 즉일로 사신을 따라 황성으로 가서 한림학사가 된 아들을 보고 기뻐하였고, 이어서 입궐하여 황제를 뵙고 곧 기주 자사로 도임하여 가더라.

유한림은 표(表)를 올려 선산(先山)에 분향한 후에, 모친을 뵙고, 다시 상경하여 황제께 숙사(肅謝)⁴⁾하매 황제가 인견(引見)하시고,

"경으로 남방순무어사(南方巡撫御使)를 명하니, 민간의 질고

---

1) 윗사람의 명령을 받듦.
2) 윗어른을 모시고 섬.
3) 나라에 없어서는 안 될 가장 중요한 신하.
4) 숙배와 사은. 관원이 서울을 떠나 임지로 갈 때 임금에게 작별을 아뢰는 일.

(疾瘼)와 각 읍 수령의 선악을 잘 살펴서 짐이 믿는 바를 저버리지 말고 잘 다스리라."

하고 분부하시더라. 유어사는 곧바로 어전을 하직하고 물러나와서,

'이제 남방순무어사가 되었으니, 그 전에 소상죽림(瀟湘竹林)[5]에서 백학선을 정표로 준 여자를 찾아서 평생의 원을 이루어 보겠다.'

하고, 사모해 오던 조은하 낭자 찾기를 스스로 다짐하였으매, 이 무렵에 조낭자는 춘광(春光)이 15세라 아리따운 자태와 기이한 재주가 짐짓 절대가인이었으며, 낭자는 일찍이 소상죽림에서 우연히 어떤 소년을 만나서 유자를 주고 백학선을 받았는데, 점점 장성함에 따라서 그 백학선을 내어본즉, '요조숙녀 군자호구(窈窕淑女 君子好逑)'라 쓰고 그 밑에 그 소년의 사주(四柱)가 기록되어 있었으므로 이것이 천정연분이라고 믿고, 또한 남모르게 흠모하고 있더라.

이때 최국양(崔國陽)은 당금(當今)에 상총(上寵)이 으뜸이요, 일대에 인문과 재학(才學)이 탁월하고 말을 잘하였으므로 명사(名士) 재상의 딸 둔 자로부터 구혼하는 곳이 많았으나 모두 거절하였고, 오직 조상서의 딸이 경국지색(傾國之色)의 미인이라는 소문을 듣고 매파를 보내서 구혼하더라.

이에 대하여 부친 조상서가 꼭 허혼하려고 작정을 하자 소저 은하가 놀라고 심려한 나머지 음식을 전폐하고 누워 일어나지 못하고, 명재경각(命在頃刻)[6]으로 위독하더라. 조상서 부부는

---

5) 중국 호남성 동정호 남쪽에 있는 소수와 상강. 부근에 경치가 좋은 팔경이 있음.
6) 금방 숨이 끊어질 듯한 지경에 이름.

딸의 이런 정상에 깜짝 놀라서 은하의 침소로 가서 조용히 묻기를,

"우리 늦게야 너를 얻어서 재미를 붙이고, 어진 배필을 구하여 원앙쌍유(鴛鴦雙遊)의 모습을 보려고 하였더니 지금 갑자기 왜 음식을 전폐하고 스스로 죽으려고 하느냐. 숨기지 말고 그 곡절을 말하라."

은하가 주저하다가 눈물을 흘리면서 호소하기를,

"저 같은 불효한 인생이 살아서 무엇하겠습니까? 죽어서 모든 것을 잊어버리고자 하오니 제 정상을 살펴 주십시오. 제가 열 살 때, 외가에 다녀오던 중 길에서 유자를 얻어 가지고 오다가 소상죽림에서 잠깐 쉬고 있었는데, 때마침 한 소년 선비가 지나가다가 유자를 달라기에 두어 개 주었더니 반갑게 받아 먹고 소년 선비가 그 사례로 백학선을 주기에 고맙게 받아 두었는데, 요전에 그 백학선을 본즉, 그때는 글을 몰라서 뜻을 깨닫지 못하였으나 백년가기(百年可期)의 약속이었던 것을 알았사옵니다. 저는 놀라고 그 부채를 받았던 것을 뉘우쳤으나 이것 또한 천정연분이 분명하옵고 제 팔자가 무상(無常)하옵기로 다른 뜻은 두지 않음이니, 다른 가문에 구혼하지 마십시오."

딸의 이런 고백에 깜짝 놀란 부친은,

"네 말을 들으니 그것 또한 천수(天數)라 할 수 없으니 그 선비를 어디 가서 찾아오겠느냐? 네 뜻을 따른다 할지라도 실로 난처한 헛된 기대가 아니겠느냐?"

"충신은 불사이군이요, 열녀는 불경이부라 하오니, 소녀는 결단코 타문을 섬기지 않을 것이며, 더구나 그때 한번 본 소년이 신의를 가진 군자이매, 무신할 리가 없으리라고 믿사옵고,

또 백학선은 세상에 기이한 보배이므로 무단히 남을 주지 않고
잘 간수할 생각입니다."

　조상서가 딸 은하의 말을 듣고서, 그 철석 같은 마음을 억제
하지 못할 줄 알고, 최국양에게 전하였으나, 최국양이 격분하고
장차 복수하려는 앙심을 품게 되니라.

　이 무렵에 가달이라는 오랑캐가 강성(强性)하여 변방을 침범
하므로 황제가 최국양을 우승상으로 삼아 오랑캐의 침범을 무
찌르라고 분부하시니, 최승상이 황명을 받들고 황성으로 올라
갈 때에 형주 자사(荊州刺史) 이관현(李寬賢)에게 은밀히,

　"내 아들과 조성노의 딸과 정혼(定婚)하였더니 무단히 퇴혼을
하였으매, 그런 무신한 필부(匹夫)가 어디 있겠소. 지체가 얕은
미관(微官)으로서 대신(大臣)을 희롱한 행동이니 내 마땅히 그
놈을 살해할 것이로되, 지금 국사로 급히 상경하게 되었소. 그
러니 그대가 나를 대신하여 조성노의 일족을 잡아다가 엄형중
치(嚴刑重治)하여 만일 혼인을 승낙하거든 용서하고 그래도 듣
지 않거든 신속히 엄형으로 처벌하시오. 그리고 딸은 음행죄로
다스려서 관비(官婢)로 만들어 버리시오."
하고 상경하니라. 형주 자사는 즉시 하황현(下黃縣)에 관자(關
子)[1]하여 조성노의 일가를 성화같이 잡아올리라고 통달하였고,
하황현의 현령(縣令) 전홍뢰(全洪雷)가 자사의 관사를 받고 곧
관차(官差)[2]를 발하여 조부(曺府) 조성노를 아중현청(衙中縣廳)
으로 연행해 가려고 재촉하니라. 이에 조상서가 짐작하고 관차
를 따라서 관부(官府)로 갔더니, 현령이 최국양의 사연을 전하

---

　1) 상관이 하관에게, 또는 상급 관청이 하급 관청에게 보내는 공문서.
　2) 관아에서 파견하는 아전.

고,

"조공은 이 사실을 알겠지요?"

하고 추궁하니라. 조상서는 이것이 꼭 최국양이 사원(私怨)을 보복하려는 비굴한 음모를 알고 전후곡절을 자세히 말하였더니, 현령도 그것이 정혼하였던 것을 퇴혼한 무신이 아니고, 구혼한 것을 딸의 정렬(貞烈)[1]한 뜻에서 사양하였을 뿐임을 알고, 그 정상을 딱하게 여기더라.

"조공이 관문(關文)대로 잡혀가면 죽음을 면하지 못할 것이 분명하오. 내 일시의 현령으로 이 고을에 있다가 애매한 사람을 구하지 않으면 천앙을 받을 테니, 어찌 조공을 지하로 보내겠소. 조공은 빨리 돌아가서 성명을 숨기고 밤으로 도망하여 자취를 멀리 감추시오."

하고 몰래 놓아주니라. 그 후에 현령 전홍뢰는 형주 자사에게, 조성노가 체포되기 전에 도주하고 없어졌다는 거짓 보고를 하였고, 조상서는 현령의 은덕을 고맙게 여기고 가족을 데리고 야반도주(夜半逃走)하여 남경(南京)으로 향하더라.

한편 남방순무어사 유백로는 소년 시절에 우연히 소상 땅을 지나다가 아름다운 소저를 만나서 백학선을 정표로 주어서 심중에 정혼한 뒤로, 일편단심으로 그 소저를 사모하여 잊지 못하는 마음이 간절하매, 어디에서 그 소저를 찾아볼지 아무런 방법이 없어서 근심과 한탄으로 세월을 허송하고 있었는데, 마침 황제가 남방순무어사를 명하여 급히 청주(青州)로 내려가게 되자 속으로,

---

1) 여자의 행실이나 지조가 곧음.

'오늘 이 길을 당하니, 내 소원을 풀 기회는 왔으나 그 여자
가 있는 곳을 알지 못하니 이를 어찌하랴.'
하고 청주에 이르러서 민정을 살피는 동시에 샅샅이 그 여자를
염탐하였으나 종래 그 종적을 알 수 없어서 낙망하고 수심에 잠
겨, 마침내 침식도 이루지 못하고 병이 위중하여 말에 실려서
하황현에 이르니, 현령 전홍뢰는 유어사의 외숙(外叔)이라 어사
의 병세가 위급함을 보고,

"네 일찍이 등과하여 청운에 올라 물망이 극진하고 더구나
양친이 재당(在堂)하니, 이런 즐거운 행운이 어디 있으랴. 그런
데 지금 네 병세를 살펴보니 반드시 어떤 사람을 오매불망(寤寐
不忘)[2]하는 일념에서 생긴 병과 같으니, 만일 그렇다면 조금도
꺼릴 것 없이 자세히 말하여라."

유어사는 외숙의 말을 듣고, 외숙부가 이미 자기의 병 증세를
짐작하고 있는 줄 알고 숨길 수 없어서 자초지종을 전부 고백하
니, 전현령이 어사의 말을 듣고 깜짝 놀라며,

"그런 줄이야 어찌 알았으랴. 과연 전년에 형주 자사가 나에
게 통첩하여 즉각 조성노의 세 식구를 잡아 올리라 하였기로 괴
상히 여기고 조성노를 불러 연고를 물어 본 일이 있었기로, 그
내막을 들어보니 이러이러하기로 정상을 가엾이 여기고 은밀히
놓아서 도망치도록 하였는데, 그 후에 들은즉 백학선의 임자를
찾아서 남경으로 갔다더라."

유어사는 이 말을 듣고 다시 희망을 갖게 되었으나, 도리어
심사가 산란하고 초조해져서 바삐 남경으로 찾아가고 싶었으

---

1) 자나 깨나 잊지 못함.

나, 중임을 소홀히 할 수가 없어서 당장은 단행하지 못하였으나 장차 황제께 표(表)를 올려서 병으로 소임을 담당치 못한다 빙자하고 남경으로 가서 조소저를 찾으리라 마음먹더라.

이때 조상서 부부와 딸 은하는 난을 피해서 남경으로 도망할 적에, 은하에게 남복을 입히고 잠행하여 몇 달 만에 기주(岐州) 지방에 이르르니, 이때에 조상서 부부가 갑자기 노독으로 얻은 병이 위급하였으므로 딸 은하가 망극하여 약을 구하여 썼으나 백약이 무효하므로 하늘에 호소하여 슬프게 통곡하였으나 결국은 부모가 함께 세상을 떠나고 나니, 통곡하던 소저가 기절하여 유모가 구하여 한숨지으며 위로하더니, 이때 문득 시비 춘랑이 밖에서 급히 들어오면서,

"밖에서 소문을 듣자오니, 요사이 오랑캐 가달이 남경을 쳐서 점령하고 있다 하오니, 그리로 갈 수도 없고 이 일을 어찌하오리까?"

소저가 이 말을 들으니 심신이 더욱 아득하여 속절없이 눈물만 흘리고 어찌할 바를 몰랐으며, 유모가 만단으로 위로하고 좋은 산소터를 잡아서 조상서 부부를 안장(安葬)하였는데, 이 마지막 작별에 소저의 통곡이 더욱 애절하더라. 이때 시비 춘랑이 또 밖에서 들어오더니,

"밖에 점 잘 치는 사람이 왔으니 소저께서는 문복(問卜)[1]하여 전정(前程)을 물으소서."

소저가 복술가에게 은전 10냥을 주고 길흉을 물으니, 복술가는 점을 쳐서 한 괘를 얻고 예언하니라.

---

1) 점을 치게 해서 길흉을 물음.

"안심하고 빨리 고향으로 돌아가면 고목이 봄을 만나고, 찬 재〔灰〕가 다시 더울 것이요, 만일 심중에 품은 사람이 있으면 16 세에 만나지 못하면 20세에 만날 것이니, 빨리 본토(本土)로 돌 아가시오."

소저가 이 말을 듣고 일희일비(一喜一悲)하면서 행장을 차려 고향으로 회정(回程)하려 할 때, 갑자기 10여 명의 관차(官差)가 몰려들어서 불문곡직하고 은하 낭자를 결박하고, 질풍같이 몰 아서 관가로 잡아들이므로 은하는 불의의 변을 당하고 혼비백 산하여 정신이 혼돈하였으매, 자사가 높은 소리로 호통을 치면 서,

"내가 들으니 너한테 백학선이 있다 하니, 만일 사실대로 말 하지 않고 속이면 당장 형장을 맞고 죽으리라."

소저가 정신을 차려 남복한 소년대로의 탈을 쓰고,

"소생(小生)에게 과연 백학선은 있으나 대대로 내려온 세전지 물인데, 무슨 연고로 그것을 물으십니까?"

"그 백학선은 본디 내 집의 지물이었는데 우연히 분실하였더 니, 이제 네가 얻어 가졌음을 들었는데, 네 집안의 기물이라 함 은 무슨 거짓말이냐? 그 부채는 범상한 기물이 아니고 용궁의 보물이라 사람마다 보기만 하면 탐을 내고 만금(萬金)으로 사자 고 해도 팔지 않았던 보물이라. 네가 그 부채를 돌려 올리면 천 금으로 상을 주려니와, 그렇지 않으면 당장 여기서 죽을 줄 알 아라."

자사의 말을 들은 은하 낭자는 마음속으로,

'이 부채가 보물이라 자사가 권세의 위력으로 강탈하려는구 나.'

생각하고 언성을 가다듬어서 차근차근 말하기를,

"이 부채는 소생의 조부께서 동계 현령(東溪縣令)으로 계실 적에 서해용왕이 현몽(現夢)[1]해서 준 전래지물(傳來之物)이므로, 비록 천금을 주신다 해도 자손의 도리로 팔 수 있겠습니까? 그리고서야 죽어서 무슨 면목으로 조상께 뵈오며 생전에 일가 친척을 어찌 대하겠습니까?"

"네 거짓말이 아주 간사하구나. 우리 5대조 때부터 전해 내려온 보배를 대대에 이르러서 우연히 잃고 찾지 못하였는데, 네 감히 이처럼 거짓말을 꾸며서 관가를 속이니 그 죄가 얼마나 무거운지 아느냐?"

"자사께서는 소생의 집에 가전지물을 왜 내라고 강박하십니까? 소생의 보배를 가져가시려거든, 소생을 죽인 뒤에 가져가시오. 소생은 백학선을 지키다가 몸을 버리는 것만이 불효를 면하는 길일까 합니다."

자사는 마침내 분노하고 큰칼을 채워 옥에 넣고 엄중히 지키라고 형리에게 명하니 은하 낭자는 수천 리 타향에서 피난 도중에 부모를 여의고 슬퍼하던 차에, 또다시 천만의외의 변을 당하고 그 기구한 운명을 한탄하여 마지않았으며, 은하 낭자는 시비 춘랑과 옥련을 불러서 귀엣말로,

"내 백학선을 목숨을 걸고 주지 않으면 응당 행장을 수색하고 겁탈할 것이니, 부디 깊이 간수하고 들키지 않도록 하라. 만일 너희들을 잡아들여서 부채 있는 곳을 대라고 엄형을 가하더라도 모두 내게로 밀고 결코 토설(吐說)하지 말라. 만일 부채를

---

1) 죽은 사람이나 신령이 꿈에 나타남.

잃으면 나는 죽고 말 테니, 부디 마음을 굳게 먹고 잘 간수해 다오."

충성스러운 시비들은 소저의 말을 굳게 지키고 조석으로 옥 중에 밥을 넣으면서 무사하기를 빌더라.

세월은 흐르는 물과 같아서, 옥중에 갇힌 지 벌써 수년이 되었으니, 고향으로 가지도 못하고 옥중에서 고생만 한 탓으로 팔자를 한탄하고, 부모의 시체를 선산으로 면례(緬禮)[2]하지 못하였으니 주야로 옥중에서 눈물을 흘리면서 세월을 보내는데, 얼굴이 초췌하고 기골이 수척하여 그 형상의 참담함은 이루 형용할 수가 없더라. 춘랑이 은하 낭자의 참혹한 형용을 보고 눈물을 흘리면서,

"소저께서는 왜 귀한 몸을 돌보지 않습니까. 너무 심려를 마시고 일신을 보전하시다가 낭군님을 만나서 백년 기약을 정한 후에 부모님의 향화(香化)를 받들어야 하시지 않습니까. 백학선으로 말미암아 만일 옥중에서 불행을 당하시면 혼백인들 어디 가서 의지하겠습니까. 소저께서는 널리 생각하여 후일을 기다리소서."

소저가 또다시 울면서,

"주인을 위하여 권함이 옳거니와, 부모가 안 계신 외로운 몸이 수년을 옥중에서 고생하여 형용이 척골(瘠骨)[3]이 되었으니 살기는 기필코 어렵도다. 불행히 죽을지라도 부디 백학선을 관속에 넣어서 부모 산소 옆에 묻어 다오. 그리고 너희들은 고향으로 돌아가서 잘들 살아라."

---

2) 무덤을 옮기고 다시 장사지냄.
3) 훼척골립. 바짝 말라서 뼈가 앙상하게 드러남.

하고, 실성통곡하다가 기절하니라. 춘랑이 깜짝 놀라서 은하 낭자의 몸을 주물러서 구하고 간호하며 슬퍼하더라.

이때 기절한 은하 낭자의 혼이 유유히 공중으로 높이 날아 올라가더니, 문득 향내가 풍기면서 패옥(佩玉) 소리가 쟁쟁히 울리더니 청의선녀(靑衣仙女)가 한 쌍의 동녀(童女)를 데리고, 무지개 다리를 타고 오색구름에 싸여서 은하 낭자 앞으로 와서 말하기를,

"우리는 낭랑(娘娘)의 명을 받자와 소저를 청하러 왔사오니 빨리 가시기 바랍니다."

하고 청하더라. 낭자가 당황히 일어나서 사례하고는 묻기를,

"낭랑은 누구십니까?"

"가시면 자연 아십니다."

낭자가 이상히 여기며 선녀를 따라서 한 곳에 이르니, 서기(瑞氣)가 영롱하고, 주궁패궐(珠宮貝闕)[1]이 가장 장엄하고, 채의(彩衣)를 입은 선녀들은 규문(閨門)으로 분분히 드나들고 있더라.

"아직 예차를 정하지 못하였으니, 낭자는 잠깐 머물러 기다리십시오."

하고 시중하는 동녀가 동편의 휴게실로 인도하여 의자를 권하고 안으로 들어가니, 은하 낭자가 앉아서 고요히 쉬면서 문틈으로 밖을 바라보니, 용봉기치(龍鳳旗幟)가 좌우에 벌려서 나부끼고 수십 명의 선관이 동서로 배립(陪立)하고, 한 부인이 손님을 인도하여 옥계(玉階)에서 행례(行禮)한 후 전상(殿上)에 올라 좌

---

1) 금은 보석으로 호화찬란하게 꾸민 궁궐.

우의 반열(班列)²⁾을 정돈하고 크게 풍악을 울리기 시작하니라. 은하 낭자가 동녀에게 묻기를,

"오늘이 무슨 날이며, 무슨 예차를 저렇게 하느냐?"

"오늘이 망일(望日)이라, 모든 부인의 망하례(望賀禮)³⁾하는 절차입니다."

이윽고 예관(禮官)이 나와서 낭자를 인도하고 낭랑 앞으로 가서 옥계에 나와서 배례한 후에 곧 전상에 갔으며, 낭자가 잠깐 눈을 들어서 주위를 살펴본즉, 두 낭랑이 머리에 용봉관(龍鳳冠)을 쓰고, 몸에 푸른빛 나삼(羅衫)을 입었으며, 손에 옥홀(玉笏)을 들고, 황금 교의에 높이 앉아서 좌우에 시비가 모셨는데, 그 위의와 예도(禮度)가 매우 단아(端雅)하고 정숙하니라. 은하 낭자가 황공해서 말석에 앉으니 낭랑이 은하 낭자를 향하고 묻기를,

"조낭자야, 너는 우리를 알겠느냐?"

"소녀는 인간의 미천한 계집이온데 어찌 선계(仙界)의 낭랑을 알아보겠습니까?"

그러자 낭랑이 쓸쓸히 탄식하면서,

"낭자는 일찍 고서(古書)에 통달하였으니 우리 자매의 사적을 알 것인데, 왜 모르는가. 우리는 요(堯)⁴⁾의 딸이요, 순(舜)⁵⁾의 아내이며, 《사기(史記)》에 이른바 아황(蛾黃)·여영(女英)이요,

---

2) 품계의 차례.
3) 경절(慶節)에 원이 전패(殿牌)에 절하던 예식.
4) 중국 태고의 성제(聖帝). 이상적인 성덕을 가진 군주로 되어 있지만 실제 인물은 아니고, 전설적·사상적 존재 인물로서, 기원전 2367년경에 산서성 평양에 도읍했음.
5) 중국 전설상의 성천자(聖天子). 부모에 효성스럽고 형제간에 우애가 있어 효덕이 천하에 알려졌음.

상군부인(湘君夫人)[1]이라."

은하 낭자는 그제야 낭랑의 신분을 깨닫고, 머리를 조아려서 사례하고,

"소녀 고서를 보옵고, 항상 성덕정렬(盛德貞烈)을 사모하옵더니, 오늘 여기 와서 뵈오니 죽더라도 한이 없을까 하나이다."

낭랑이 위로하여 말하기를,

"가련도 하구나, 낭자여. 너의 청덕(淸德)과 정렬이 구천(九天)에 사무치기로 한번 보고자 청하였는데, 너는 옥중고생을 한 가지로 참고 1년만 더 기다리면 자연 고대하던 낭군을 만날 것이다. 우리는 댓순(竹筍)과 더불어 낭군을 이별하고 창오산(蒼梧山)과 소상강(瀟湘江)에 와서 찾으려다가 찾지 못하고 혈루(血淚)를 머금어 슬픔을 금하지 못하였다. 그러나 낭자는 멀지 않아서 낭군을 만나 볼 것이니 우리의 형상에 비하면 얼마나 좋으랴."

하고 낭랑은 좌우에 있는 부인들을 가리키면서 또 말하기를,

"여기 있는 부인들은 모두 고금에 으뜸가는 절부열녀(節婦烈女)인데 다 한 번씩 고생을 겪고 이름이 후세에 전하였으므로, 낭자도 팔자를 한탄하지 말고 때를 기다리고 있으라. 옥황상제께서 우리 형제를 이 땅에 여왕으로 봉하여 천고절부(千古節婦)를 보호하라고 하셨다."

동편 좌상에 앉은 이는 행적 높은 태사(太史)요, 버금은 초왕(楚王)의 반(潘)부인이라. 서편 좌상은 위(衛)나라 장(張)씨부인이요, 버금은 양(梁)나라 맹씨부인이다. 그 밖의 부인들도 모두

---

1) 상수(湘水)의 신. 요임금의 딸 아황과 여영이 함께 순임금에게 시집갔다가 순 임금이 창오에게 죽자 상수에 빠져 죽어 물귀신이 되었다고 함.

고금의 열녀로서 이곳에 삭망(朔望)[2]으로 모여서 즐기는 잔치
라. 사람의 한때 고생은 봄철의 꿈과 같으니, 어찌 조심만 하리
요. 은하 낭자는 낭랑의 말을 듣고 좌우의 부인들을 향하여 배
사(拜謝)한 후에,

"소녀 고서를 보고 매일 여러 부인의 성덕(盛德)과 절행(節行)
을 사모하옵다가, 오늘 낭랑의 사랑하심을 입사와 여기 와서 이
렇게 뵈오니, 진실로 감격의 기쁨을 금하지 못하겠습니다."
하고 말씀 올리자, 모든 부인들이 팔을 들어서 답례하면서 미소
하니라.

"네가 열 살 때, 유자를 가지고 이곳 소상죽림을 지나다가 백
학선 주던 유한림이 이 글을 지어 우리를 위로하였는데 그 뜻이
매우 감사한고로 너를 청하여 환영하니, 너는 돌아가서 유한림
을 만나거든 이런 사연을 전하여라."

낭랑의 말에 대하여 은하낭자는 사례하고,

"그를 만나면 반드시 낭랑의 말씀을 전하겠사오나, 유생(劉
生)을 어찌 유한림이라고 부르십니까?"

"호호호, 참 너는 아직 모르는구나. 유생이 연전에 등과하여
각 도의 순무사(巡撫使)[3]가 되어서 너의 종적을 애써 찾아 다니
다가 뜻을 이루지 못하자, 그로 인하여 병으로 누워 목숨까지
위독하였으니, 네가 빨리 유한림을 찾도록 하라. 만일 금년에
서로 만나지 못하면 또다시 수년 후인 임술년(壬戌年) 추칠월
(秋七月) 15일에는 반드시 만나게 되며, 이제 내 너에게 신통력
(神通力)을 주겠으니 후일에 반드시 쓸 곳이 있을 거다."

---

2) 상중에 있는 집에서 그 죽은 이에게 매달 초하루 보름에 지내는 제사.
3) 여러 곳으로 다니면서 국민을 위무하는 관리.

142

낭랑은 말을 마치고 옥잔의 술을 주면서 먹으라고 권하므로, 은하 낭자가 그 술을 받아서 마시니 상쾌하여 백병이 씻은 듯이 사라지고 힘이 능히 구정(九鼎)을 들고 날아서 북해(北海)를 뛰어넘을 듯하게 되더라. 은하 낭자가 낭랑에게 사례하였을 때, 문득 청의시녀(靑衣侍女)가 천상에서 주렴(珠簾)을 주르르 걷는 소리에 놀라서 잠을 깨고 보니 옥중에서 꾼 꿈이었으며, 은하 낭자가 그 꿈 이야기를 한즉 시비들이 낭자를 붙잡고 기뻐하여 마지않더라.

유자사는 백학선을 찾으려고 낭자로 변복한 조소저를 오래 옥중에 가두고 추궁하였으나, 그의 철석간장(鐵石肝腸)[1]을 굽히지 못하여 주야로 근심하다가, 하루는 홀연히 깨닫고,

"소년을 너무 고생시키는 것도 잔인하다. 백학선을 잃은 것도 또한 하늘이 주신 운수니 할 수 없다."

하고, 조소저를 옥에서 석방하였으나, 은하 낭자는 옥중에서 수척한 심신이 일시에 긴장이 풀리는 통에 새로운 충격으로 기절하더라. 시비 춘랑이 정성껏 간호한 공으로 낭자가 소생하여 꿈에 본 천상의 사변을 생각하고 심중으로 신기하게 여기면서, 사모하는 천정배필인 유한림과 만날 희망을 품게 되더라.

출옥한 은하 낭자는 유한림을 찾으려고 곧 청주로 향하여 출발하였으며, 수십 일 만에 수백 리를 갔으나 기력이 더욱 좋아져서 조금도 피로를 느끼지 않았으므로 계속 길을 달려가니, 하루는 도중에서 홀연히 어떤 사람을 만났는데, 그는 다행히도 시비 춘랑이가 아는 형주 사람이더라. 춘랑이 반가와하면서 순무

1) 매우 단단한 지조를 가리키는 말.

어사의 소식을 들으니,

"그 유어사께서는 신병으로 황제께 상표(上表)하고, 지금 고향으로 가서 휴양하신다더라."

춘랑이 낙망하고 은하 낭자에게 그 사실을 전하자 낭자가 깜짝 놀라며,

"네가 잘못 들은지 모르니 다시 자세히 물어 보라."

하고 반신반의로 근심하였으니, 춘랑이 다시 다른 사람에게 묻기를,

"유순무사께서 병환으로 고향에 돌아가셨다는 것이 정말인가요?"

"거짓말이 어디 있느냐? 우리는 지금 군관(軍官)으로서 직접 호송해 드리고 돌아오는 길이다."

그 말을 다시 춘랑에게 전해 들은 은하 낭자는 하는 수 없이 길을 돌이켜서 황성으로 향하더라.

한편 유어사는 백학선을 선사한 옛날의 여자를 사방으로 염탐하였으나 종시 만나지 못한 탓으로 심화병(心火病)[2]을 얻고 증세가 날로 위독하여 하는 수 없이 황송한 사연으로 표를 지어서 병 치료의 휴양을 황제께 청하였더니, 황제가 보시고 병세가 위중함을 아시고 근심한 끝에, 어사를 대사도(大司徒)로 승진시키고, 그의 부친 기주 자사를 예부상서로 삼아서 즉시 상경하라는 분부를 내리셨으므로 위전(位典)이 더욱 융성하고 부귀 또한 혁혁(赫赫)하더라.

대사도가 병중의 행차를 강행하여 궐하에 복명(腹命)하니, 황

---

2) 마음속에서 일어나는 울화로 병이 됨.

제가 반갑게 맞아 위유(慰諭)하시고, 어서 물러가서 병을 조리
하라고 분부하시니, 사도 배사하고 부중(府中)으로 돌아와서 휴
양하였으나, 가슴에 품은 근심은 더욱 간절하기만 해서, 부귀공
명도 헛된 꿈만 같고, 사모하는 여자의 생각만 인생의 보람 같
아서 믿을 수 없더라. 뒤이어 상경한 부친이 아들 사도의 병세
가 심상치 않음을 근심하고 천하의 명의를 청하여 약을 쓰는 한
편, 병의 원인이 여자를 사모하는 점 있음을 짐작하고, 좋은 규
수에게 구혼하려고 널리 간택하였으나 마땅한 곳이 없었으며,
부친은 근심 끝에 멀리 하황현의 현령 전홍뢰를 청하여 상의하
기를,

"내 아들의 성정(性情)이 괴망하여 공명을 이룬 후에 숙녀를
구하겠다 하므로, 그 뜻에 맡겨서 지금껏 성혼하지 않았더니,
이제는 공명이 족하게 되었으니 더 기다릴 것이 없어서, 널리
구혼코자 하나 마땅한 곳이 없어서 근심중이니, 형은 나를 위하
여 마땅한 숙녀를 천거해 주시오."

하고, 신신 부탁하였다.

"사도의 혼사는 염려 마십시오."

전현령은 뜻밖에 침착한 태도로 대답하더라.

"그게 무슨 말이오?"

유상서가 놀라서 다시 물으니,

"소제(小弟)가 임소(任所)에 있을 때 이러이러한 일이 있었는
데 그 조소저가 무죄 애매함을 가련히 여겨서 이리이리하여 피
하라고 일러서 놓아 보냈사옵니다. 그 후에 백로의 말을 들은
즉, 그 여자가 분명히 백로가 심중에 맹약한 여자로 믿으니 어
찌 애닯지 않겠습니까?"

하고 전후 사연을 자세히 말하니, 유상서가 다시 놀라면서 그런 사실이 있으면 그 애가 왜 나를 지금까지 속이고 병이 되도록 있느냐고 탄식하기를,

"그러니 생각나는 일이 있소. 내가 기주에 자사로 있을 때 어떤 관속이 보고하기를 어떤 선비가 백학선을 가졌더라고 하기에, 내가 곧 잡아다가 옥에 가두고 위세로 백학선을 바치라고 위협하였으나 끝끝내 죽기로 거절하기로 옥중에 가두어 두었으나, 해가 지나도 마음을 돌리지 않으므로 인력으로는 어쩔 수 없기에 석방한 일이 있었소. 그런데 그 선비의 음성이 옥소리 같아서 여자가 아닌가 하고, 의심하고 몸을 검사하려다가, 아직 소년이라 음성이 그러려니 다시 생각하고 그냥 석방하였는데, 지금 현령의 말을 듣고 보니 여자가 위급한 경우에 남복을 하고 난을 피하려 하였던 모양이구료."

하고, 아들 사도를 돌아보고 은근히,

"부자지간에 이런 사연을 왜 오래 속이고 있었느냐. 네가 그 여자의 생각으로 병까지 되었지만, 그 여자인들 어찌 참혹하지 않느냐. 그 여자 역시 필경 너를 찾아 다니며 천신만고할 테니 어찌 가엾지 않으랴. 그 여자가 필경 남경으로 갔을 것인데, 공교롭게도 지금 오랑캐 가달이 남경을 점령하고 있으니, 혹은 그 여자가 도적의 화를 입고 죽었을지도 모르니 이 일을 어찌하랴. 옛말에 일녀함원(一女含怨)[1]하면 오월비상(五月飛霜)이라 하니, 어찌 너에겐들 앙화(殃禍)가 없겠느냐?"

하고 유사도는 망연히 앉아 있었고, 사도의 외숙인 현령이 위로

---

1) 한 여자가 원한을 품으면 5월에도 서리가 내린다는 말.

하며,

"현질(賢姪)은 부질없이 너무 염려 말고 마음을 진정하고 몸을 회복하라. 하늘이 이런 숙녀를 내심이니, 어찌 현질의 정렬이 헛되리요. 반드시 하늘이 도울 것이니, 멀지 않아 만나게 될 것이다."

"아아, 그 여자가 소질(小姪)을 위하여 천만간고(千萬艱苦)를 다 겪고, 지금은 생사를 알 수 없으니 제 마음이 어찌 편하겠습니까? 마땅히 죽기를 결심하고 남경으로 가서 그 여자를 찾아서 비상지원(非常之怨)이 없도록 하겠습니다."

현령은 재삼 부자를 위로하고 돌아갔으며 수일 후에 유사도가 승상 최국양을 찾아가 보고 인사를 마친 뒤에,

"지금 가달 오랑캐의 기세가 왕성하여 남경을 쳐서 웅거(雄據)[1]하고 있는데, 왜 장수를 보내서 막지 않습니까. 남경은 가장 중요한 곳이온데, 학생[자기]이 비록 재주가 없으나 도적을 물리쳐서 국가의 근심을 덜고자 합니다."

하고, 오랑캐 토벌을 자진 출정할 것을 말하니라. 최국양은 본디 자기 딸의 구혼을 유사도로부터 거절당한 뒤 유사도를 음해할 뜻을 품어 왔고, 유사도의 이 말을 듣고 속으로 기뻐하였는데 그것은 강적 가달의 반군(叛軍)과 싸우다가 그가 죽기를 바랐기 때문이니라.

"실은 나라를 위하여 그 강적을 물리칠 만한 충용(忠勇)한 인재가 없어서 주야로 근심해 오던 중인데, 이제 그대가 국가를 위하여 위험한 일에 자원하니, 그 관일(貫日)의 충성이 놀랍도

---

1) 어떤 땅에 자리잡고 굳세게 막아 지킴.

다."

하고, 최승상은 그날로 황제께 아뢰기를,

"방금 오랑캐의 괴수 가달의 세력이 강성하여서 그 봉예(鋒銳)[2]를 당하기 어려우니, 조신(朝臣) 중에서 그만한 힘과 재주가 있는 사람을 보내서 도적을 토벌하시옵소서."

"경의 생각으로는 누가 능히 그 소임을 감당함직하오?"

"사도 유백로 재주가 민첩하오니, 능히 그 일을 감당할 줄로 믿나이다."

"짐도 유어사면 믿음직하오."

하고, 황제는 그날로 유백로를 병부상서 진남대원수(鎭南大元帥)에 명하시고, 정병(精兵) 3만을 조발(調發)하여 주셨으며, 유백로는 사은숙배하고 부중으로 돌아가서 부모께 재배하직하고 곧 교장(敎場)에 나가서 군사를 훈련시킨 후에, 삼군(三軍)을 거느리고 호호탕탕(豪豪蕩蕩)한 사기(士氣)로 남경을 향하여 출정(出征)하였으니, 조정의 백관이 성밖 10리까지 나와서 전송하며 눈을 들어서 살펴보니, 유원수의 얼굴에 희색이 가득 차 있더라. 다른 장병들의 수색이 만면한 것과는 아주 달랐으므로,

"원수는 부모를 이별하고 멀리 전진(戰陣)으로 가기 때문에 우색(憂色)이 있을 터인데, 왜 그렇게 기뻐하옵니까?"

"내가 이제 국가를 위하여 도적을 치러 가지만 사지(死地)로 출전하매 어찌 근심이 없고, 부모를 이별하매 어찌 기쁘겠소마는, 남아가 세상에 한번 나서 입신한 후에는 부모 섬길 날은 적고 임금 섬길 날은 많은 법이 아니오. 이제 국가에 근심이 있어

---

1) 성질이 날카롭고 민첩함.

서 황상(皇上)[1]이 침불안석(寢不安席)[2]하시니, 신자된 몸으로써 어찌 안연(安然)히 있으리요. 내 이제 자원하여 출전하매 몸이 대장이 되어, 출장입상(出將入相)[3]으로 나라 은혜의 만 분의 일이라도 갚고 부모를 영화로 뵈옴이 장부의 쾌사인데, 어찌 우색이 있고 희색이 없으리요."

좌우가 유원수의 대장부다운 말을 듣고 감격하더라. 이날 유원수가 문무백관과 부모 친척을 작별하고 행군하여 소주(蘇州) 땅을 지날 때에 노변에 큰 바위가 있으므로, 유원수는 그 바위에 큰 글씨로 축원문을 써 내리기를,

'신유(辛酉) 8월 망일(望日)에 신(臣) 진남대원수 병부상서 유백로는 삼가 제불성(諸佛聖)께 비나이다. 이제 3만 대군을 거느리고 도적을 치러 가옵나니 승패흥망은 예측키 어렵거니와, 황천이 묵우(默佑)하사 성남(城南)의 하황 땅에 가서 조가(曹家) 여자를 만나게 하소서.'

축원문을 다 쓰고, 곧 소주를 떠나서 행군 3삭에 남경에 이르렀다. 관군은 위수(渭水)[4]의 강을 격하고 가달의 적군과 상치하고 싸운 지 반 년이나 되었으나 승부를 결하지 못하였으며, 전국(戰局)[5]의 지연을 본 승상 최국양은 이 기회를 빙자하고는 황제께 난사스러운 참소를 하고, 속전속결(速戰速決)하라는 분부를 내리게 하고, 또 자기의 권한으로 군량 보급을 중지하고 마

---

1) 현재 살아서 나라를 다스리는 황제를 일컫는 말.
2) 임에 대한 걱정이 많아서 편안히 자지 못함.
3) 나가서는 장수가 되고 들어와서는 재상이 됨. 곧 문무가 겸전하여 장상의 벼슬을 모두 지낸다는 뜻.
4) 중국 감숙성 중부에서 발원하여 섬서성을 관류, 동성의 동단에서 황하로 들어가는 강.
5) 싸움이 벌어지는 국면.

니, 그 때문에 군량이 떨어진 일선의 장병들은 기갈이 심해서 적군과 싸울 힘이 없어서 전군(全軍)이 위기에 처하더라.

그해도 다 가고 임술년(壬戌年)을 맞아서 장병이 굶어 죽기에 이르렀으므로 급히 후퇴하려고 하였으나, 적의 세력이 강하게 포위하였으므로 후퇴도 못 해서 진퇴양난의 위국에 빠지고 말았으나, 승상 최국양은 군량을 전혀 주지 않아서 유원수의 관군 장병이 전멸할 수밖에 없게 될 지경이더라.

최승상은 유원수에 대한 사원을 보복하기 위하여 국권을 자전(恣傳)하여 백성을 잔학하고 충량(忠良)을 모해하여 싸움터로 내쫓고 주색과 가무로 연락(宴樂) 방종하니, 민원(民怨)이 철천(徹天)하고 장병이 원망하면서 그의 고기를 씹어서 원한을 풀려고 이를 갈고 있더라.

오랑캐의 괴수 가달은 명군(明君) 진중에 군량이 결핍한 사실을 탐지하고, 급히 총공격을 해 왔으므로, 기갈에 신음하던 명나라의 관군은 대경 황겁하여 방성통곡하면서 최국양의 망국비행(亡國非行)을 저주하더라.

"우리는 최적(崔賊) 때문에 여러 날을 굶어서 이곳에서 다 죽게 되었으니, 창천(蒼天)은 굽어살피소서."

하고 강물에 빠져 죽는 장병이 무수하니, 이를 수습할 방도가 없었으며, 명군의 이런 피폐와 혼란을 틈탄 가달의 군대가 승승장구(乘勝長驅)하여 공격을 계속하므로, 유원수가 죽기를 맹세하고 도적을 맞아 싸우다가 기진맥진하여 말에서 떨어져서, 적장에게 사로잡혀서 가달의 진중으로 끌려가니, 격분한 가달이 곧 유원수를 목베어 죽이려 할 때에 그의 막료 마대영(馬大榮)이 말리고,

"비록 적장일망정 충의관일(忠義貫日)하오니, 죽이는 것은 좋지 않을까 하옵니다. 남의 충신을 해치면 필연 재앙이 있사오니, 죽이지는 마옵시고, 달래서 항복받고 군중에 인질로 두어서 최후의 성공에 도움이 되게 하십시오."

하고 간고(諫告)하기로, 가달이 그의 말을 듣고 죽이지 않고 항복하라고 달래었으나, 대원수는 가달을 향하여 노기 띤 소리로 호령하기를,

"내가 시운을 못 만나서 너에게 잡혔으나, 어찌 반국역적에게 항복하고 살기를 바라겠느냐. 어서 나를 죽여서 충심을 빛나게 하라."

가달이 노하였으나, 그의 마음이 돌기를 기다려서 항복을 받으려고 옥에 가두어 두더라.

이때 조은하 낭자는 시비들을 데리고 고향으로 돌아가려고 소주에 이르렀는데 이곳은 옛날에 조자룡(趙子龍)이 조조(曹操)[1]의 10만 대병을 파하고 공을 세운 곳이라, 낭자는 그 승전비를 보고 조자룡의 웅재대략(雄才大略)[2]을 흠선(欽羨)[3]하고 탄식하되,

'나 조은하는 천신만고를 겪다가 필경 뜻을 이루지 못하면 이곳의 귀신이 되겠다.'

스스로 맹세하고, 주막에 가서 쉬고 있었더니, 주막 주인이 소년으로 변장한 조낭자에게 묻기를,

---

1) 중국 삼국 시대의 위나라의 왕. 후한 말기에 황건의 난을 평정하여 공을 세우고 동탁을 멸한 후 실권을 장악, 208년에 호북 적벽에서 유비·손권 연합군에게 대패함.
2) 크고 뛰어난 재능과 원대한 지략.
3) 우러러 흠앙하여 부러워함.

"공자는 어디로 가시는데, 행색이 그처럼 초췌하십니까?"

"나는 성남 하황현 사람인데 황성으로 친척을 찾아서 가는 길이오."

"친척은 어떤 댁이신지 모르되, 소년 귀공자의 정상이 매우 딱합니다. 내가 점을 좀 칠 줄 아니 공자를 위하여 길흉을 알아 드리리다."

하고, 곧 육효(六爻)를 벌리고 점치더니, 한참 생각한 끝에 깜짝 놀라면서,

"점괘가 아주 이상한데 여자가 정(情)을 찾아가는 점괘가 나왔으니, 필경 소저가 남복으로 변장하고 친척이 아닌 백년가우(百年佳友)의 귀공자를 찾아가는 것이 아니오? 그러고 보니 정상이 더욱 가엾소. 소저는 비록 육례(六禮)를 갖추어서 성혼하지 않았다 하더라도 피차의 언약이 굳으므로 서로 찾으려고 애쓰고 있으나 서로 종적을 모르고 헤매고 있으므로, 소저의 낭군이 이번 전진에 도원수(都元帥)로 출전하였다가 패전하고 타국 귀신이 될 운수요 만일 평인 같으면 흉악한 형벌을 받고 죽을 것이니, 살아서 돌아오기가 매우 어렵소. 그러나 다음 점괘에 원앙이 쌍비(雙飛)하고 봉황이 군주(郡走)라 하였으니, 만일 천신(天神)이 구하면 살려니와 그렇지 못하면 남의 손에 죽을 운수입니다."

은하 낭자는 이 점괘를 듣고 깜짝 놀라서 안색이 창백해지며,

"당신의 점괘가 잘못 나왔소. 내가 왜 여자란 말이오."

"허허, 귀신을 속여도 나는 속이지 못합니다."

하고 점친 자리에서 일어나니라. 낭자는 그 점괘가 신기함을 탄복하고, 전후 사실을 바른대로 알리고 애원하기를,

"선생의 점괘가 그처럼 신기하오니, 낭군의 생명이 장차 위태할 것이니 어찌하오리까?"

주인이 다시 자리에 앉아서 《주역(周易)》[1]을 펴 놓고, 유백로의 신세를 자세하게 궁구(窮究)하여 평생을 살핀 뒤에 은하 낭자에게,

"유원수의 신수가 불길하여 이번에 살지 못할 터이나, 그 아내 되는 이가 진심으로 구하면 반드시 무사하고, 후일에 부귀영화가 무쌍하리라."

낭자가 그 말을 듣고 심중으로 기뻐하면서 묻기를,

"이렇게 중대한 일을 미리 알려 주시니 진실로 감사합니다. 선생님의 존성대명(尊姓大名)을 알려 주십시오."

"나는 어렸을 때부터 부귀를 피하고 산수를 벗하여 성세(盛世)의 한가한 사람이 되었는데 오늘 소저의 사정을 듣고 비감을 금할 수 없소."

하고 은하 낭자를 데리고 내당으로 들어가서 자기의 아내 양씨(梁氏)에게 낭자의 슬픈 사연을 말하고 모녀지의(母女之義)를 맺으라고 권하였더니, 양씨가 낭자의 용모를 사랑하여 양녀로 삼고 친딸같이 애지중지하더라. 수일 후에 은하 낭자가 그 집을 떠날 때 서로 연연(戀戀)한 정의를 금하지 못하여 후일에 다시 만날 날을 기약하고, 황성길을 다시 돌려서 형주로 향하였다.

한 곳에 이르니 산중의 풍경이 매우 아름다워서 피로를 잊고 황홀한 심정으로 갈 적에 큰 바위에 쓴 글이 있어서 자연 눈이

---

1) 중국 상고 시대에 복희씨가 그린 괘에 대하여, 주나라의 문왕이 통틀어 설명해서 괘사(卦辭)라고 하고, 주공이 이것의 육효(六爻)에 대하여 자세하게 설명하고 효사(爻辭)라 했는데, 공자가 여기에 심오한 원리를 붙여 10익(十翼)을 가한 것.

끌려 자세히 본즉 그 글은 유원수가 대군을 거느리고 역적을 치
러 가는 길에, 자기를 만나지 못한 슬픈 심정으로 천지신명에게
기도 올린 필적이었으며, 그것을 본 낭자는 마음이 황홀한 중에
가슴이 막혀서 외마디 소리를 지르고 기절하므로, 시종하던 춘
랑이 깜짝 놀라서 수족을 주물러서 정신을 차리게 한 뒤에 위로
하기를,

"소저께서는 심회를 억제하고 마음을 진정하십시오."

"명도(命道)가 이처럼 궁박하여 수천 리 타향에 와서 무주고
혼(無主孤魂)[2]이 될 수밖에 없지 않느냐."

하고 은하 낭자는 실성통곡하다가 또다시 기절하더라. 춘랑을
비롯한 시비들이 황황망극하여 수족을 주무르며 지성으로 간호
한 덕으로 반나절 후에 다시 정신을 차린 낭자는 좌우를 보면서
흐느끼는 소리로,

"유유한 창천이여, 어찌 조은하로 하여금 행년(行年) 20에 이
같은 곤경을 당하게 하는고!"

하고 울음을 그치지 않으니, 이에 춘랑이 재삼 위로하고 간청하
기를,

"소저는 이것이 무슨 일입니까. 돌아가신 상서께서 소저를
장중보옥같이 여기시고, 임종하실 때의 유언을 아직도 역력히
기억하실 텐데, 소저께서 그것을 생각하지 않으시고 귀한 몸을
돌보지 않으시니 구천타일(九天他日)에 무슨 면목으로 선(先)상
서를 보시며, 이러시다가 만일 소저께서 불행한 일이라도 생기
면 누가 소저를 위하며 누가 절(節)을 지키겠습니까? 그러시면

---

2) 제사를 지내거나 해서 위로해 줄 임자가 없는 외로운 혼령.

사후에도 불효를 면하지 못한 것이니 소저는 비자(婢子)들의 어린 정성을 살피고 비회(悲懷)를 참으십시오. 그리고 해지기 전에 주막을 찾아서 밤을 편히 쉬시고, 내일 계양(桂陽)으로 가시면 거기는 대로(大路)이매 소식을 듣기 쉬우니 거처를 정하십시오."

은하 낭자도 충실된 시비 춘랑 등의 권고로 옳게 여기고 비로소 눈물을 거두고,

"내 비록 미련하나 목숨을 보전해서 효성을 다하고자 하지 않겠느냐마는, 지금의 시세로야 어찌 살기를 바라겠느냐?"

춘랑은 재삼 위로하고, 서로 은하 낭자의 손을 잡고 몸을 부추켜서, 한 걸음 한 걸음 걸어갔으나 날이 저물어 주막을 찾아 그날 밤을 지나게 되더라. 밤중에 성중(城中)이 갑자기 요란해서 낭자가 놀라 주인을 불러서 연고를 물으니,

"나도 역시 모르니 밖에 나가서 알아보겠습니다."
하고 나가더니, 이윽고 돌아온 주인이 통곡하면서 외부 소식을 알리기를,

"유원수가 가달의 군대에게 패해서 3만 정병이 위수변(渭水邊)에서 전몰되고, 유원수는 사로잡혀 갔으나 생사를 아직 모른다 합니다."
하고 주인이 방성대곡하므로, 소저가 그 말을 듣고 크게 놀라 실색하여 급하게 묻기를,

"주인은 무슨 까닭으로 유원수를 위로하여 그렇게 슬퍼하는가요?"

늙은 주인은 우는 음성으로 뜻밖에도,

"나는 본디 유상서 댁의 노자(奴子)로서 이 땅에 와서 주막을

내고 살아왔더니, 상서께서 늦게야 아드님을 얻어서 만금보옥 같이 기르시니, 소년등과하여 벼슬이 병부상서 대원수가 되어, 남경으로 원정하여 오랑캐 가달을 토벌하시다가, 3만 장졸은 함몰당하고 도적에게 잡혀가셨다니, 세상에 이런 망극한 일이 어디 또 있사오리까?"

하고 늙은 옛날의 충복(忠僕)[1]은 땅을 치면서 통곡하기로, 주인이 울다가 낭자가 지극히 슬퍼함을 보고 매우 이상하게 여기고 묻기를,

"나는 노주지간(奴主之間)인고로 참혹한 기별을 듣고 자연 마음이 동하여 슬퍼하거니와, 손님들은 왜 그렇게 슬퍼들 하시오?"

낭자가 그제야 눈물을 거두고 노인을 향하여 전후의 사연을 자세히 전하기를,

"그대는 유상서 댁의 노자라니, 내가 어찌 진정을 숨기겠소. 나는 어려서 유한림으로부터 약속받고 서로 사생을 함께 하고자 하였더니, 지금껏 서로 존망을 몰라 오다가, 내가 먼저 유한림의 소식을 알려고 남복으로 변장하고 찾아다닌 지 어언 5년의 세월이 흘렀소. 그러는 중에 혹 강도의 욕을 당할까 두워려서 노주(奴主) 세 명이 주야로 전전긍긍하면서 이곳까지 이르렀더니, 반가운 소식을 못 듣고 도리어 참혹한 기별을 들었으니, 어찌 망극하고 놀라웁지 않겠어요. 오늘 노인의 집에 온 것은 반드시 하늘이 도운 인연인가 하오. 이제 유한림은 도적에게 잡혀가셨다 하니, 생전엔 다시 만날 기약도 없으니, 한번 시댁으

---

1) 성심으로 주인을 섬기는 남자종.

로 가서 시부모의 얼굴이나 뵈옵고 와서 한림을 찾을까 하오. 그러니 노인은 나를 위하여 인도하고 가서 시부모께 나의 이러한 정상을 아뢰고, 나로 하여금 사당에 청죄(請罪)하게 하여주오."

하고 흐느껴 울다가 인사불성이 되므로 주인 부부는 우연한 과객으로 알았던 소녀의 슬픈 사연을 듣고 한편으로는 놀라고 한편으로는 감격하여 공손히 대하고,

"소복(小僕)이 어찌 소저의 이 같은 정회가 있음을 알았겠습니까. 소복이 알아뵙지 못하고 실례될 일이 많았사오니 죄를 용서하십시오."

"노인은 그런 염려는 아예 마시오. 내가 말하기 전에 노인이 어찌 내 행적을 알 수 있었겠소?"

노인이 눈물을 거두고 낭자를 내당으로 청하여 극진히 대접하므로, 조소저는 이튿날 시부모께 편지를 써서 노인에게 주면서 상경하여 전해 달라고 청하기로, 유상서 댁의 노복이던 노인은 은하 낭자의 편지를 갖고 주야배도(晝夜倍道)하여 여러 날 만에 황성에 가서 유상서 부중에 이르니, 문전이 요란하고, 수위 두 명이 문을 지키고 있으므로, 노인은 엄중한 대문으로 감히 들어가지는 못하고, 사방으로 다니면서 유상서 댁의 사정을 수소문하더라.

이때 유상서는 아들을 전장에 보내고, 부부가 주야로 아들의 성공개선을 천지신명께 기도하더니, 그해가 가고 새해의 봄을 당하여 아들 생각이 더욱 간절하여 아들이 거처하던 서헌(西軒)에 가서 보니, 모든 물색이 전과 다름이 없으나 아들의 형용이 묘연하므로 멀리 남쪽 하늘을 바라보며 슬퍼하고,

"우리 아들 백로는 그 동안 신상이 평안한지 궁금하구나. 나라를 위해서 출전한 지 해가 지났으나, 성공개선한다는 소식을 듣지 못하니 간장이 녹을 듯하다."

하고 먼산을 바라보며 슬픈 회포를 금하지 못한 유상서는, 내당으로 들어가서 부인에게 술을 청하더라.

"어쩐지 내 마음이 편하지 못하니 술을 한 잔 하고 싶소."

부인이 시비에게 일러 주찬을 차려 오라 해서 먼저 상서에게 권하면서 위로하니라. 상서가 옥배(玉杯)로 술을 4, 5배 마시고 약간 취하였으나 아들 생각이 여전히 간절하므로 부인에게 탄식하기를,

"인생과 세사(世事)가 어찌 이리 뜻대로 되지 않소. 우리가 늦게야 백로를 얻어서, 그 애에게 알맞은 좋은 쌍을 얻어 주어 만래(晩來)의 영효(榮孝)를 받으며 조용히 지내려 하였더니, 지금까지 성취를 시키지 못하고 흉악한 도적을 토벌하러 출정한 지 오래도록 그 기쁜 소식이 없으니 어찌 더 참고 지낼 수 있겠소."

"상공(相公)은 그 일로 너무 번민하지 마시오. 오래지 않아서 그 애가 성공하고 개선하는 기별이 있을 테니 그때의 기쁨을 기다리십시다."

하고 부인이 위로하자, 상서는 술을 서너 잔 더 먹고 우울한 마음을 풀고, 다른 이야기를 한 뒤에 취침하더라. 이처럼 유원수의 승패를 몰라서 근심하던 중에, 갑자기 패전한 비보가 황성에 전해지고, 황제에게도 보고가 올라갔더라.

황제가 크게 놀라시고 전황 보고서를 보신즉, 3만 장병이 함몰하고 유원수는 적진으로 잡혀갔다는 뜻밖의 일이었으며, 황

제가 어쩔 줄을 모르실 적에 승상 최국양이 주하되,

"이제 유백로가 패전하여 3만 군병이 한 명도 살아 돌아오지 못하고 유백로 또한 도적에게 굴복 투항하였다 하오니, 빨리 그 불충의 일문(一門)을 적몰하시고, 유태종을 잡아다가 국법의 엄정함을 밝히소서."

하고 자기의 계획대로 될 것을 속으로 몹시 기뻐하면서 가혹한 참소를 하니, 이에 황제가 마지못하여 즉시 무사(武士)를 보내서 유상서 부부를 체포하여 옥에 가두라고 명하시니라. 아들의 소식을 주야로 근심하던 유상서 부부는 천만뜻밖에 아들 패전하고 도적에게 잡혀간 비보를 듣고 자결하려 하던 중 불시에 무사들이 달려들어서 상서 부부와 상하 노복을 전부 잡아가고, 집안의 재산을 전부 몰수하여 갔으므로 자결의 때가 늦었음을 한탄하며 옥으로 잡혀가더라. 천지가 망망하여 여러 번 기절하고 정신이 깨면 눈물이 비 오듯 하여 옷을 적시고 말을 하지 못하였으나, 무사의 재촉이 풍우같이 몰아쳐서 옥중에 가두어 버리더라.

이런 소란통에 은하 낭자의 편지를 갖고, 유상서 집에 감히 들어가지 못하고 그 근처를 배회하면서 수소문하다가, 백성들이 옹기종기 모여서 탄식하는 소리가,

"이런 슬프고 가련한 일이 어디 있을까. 유상서 내외분이 나라에 무슨 죄를 졌다고 잡아다 옥에 가두고 그 집을 적몰시키는가. 유원수가 싸움에 진 것은 유원수의 죄가 아니라 승상 최국양이 앙심을 품고 일부러 군량을 보급해 주지 않아서 3만 장병을 굶겨 죽게 하였기 때문이라. 이 얼마나 천인공노(天人共怒)할 나라에 대한 반역이랴. 참으로 원통한 일이다."

　노인이 이 말을 듣고 깜짝 놀라서 옥으로 달려가서, 옥졸들에게 뇌물을 주고 옥중에서 유상서 부부를 찾아간즉, 상서 부부가 거적자리에서 울고 있었는데, 옛날의 충복이던 노인도 그 부부 앞으로 가서 말하기 전에 통곡부터 먼저 하더라.

　"너는 어떤 사람인데 이런 데까지 와서 우리를 보고 슬퍼하느냐?"

　유상서가 늙은 상사람의 기이한 행동을 보고 의아하여 물었으니,

　"대감께서 어찌 소복을 못 알아보십니까. 저는 그 전에 대감 댁의 창두충복이옵니다. 남경의 유원수님 소식이 참혹하므로 대감께 아뢰려 왔삽더니, 대감께서 이처럼 죄 없이 옥중에 고생하심을 보고 망극하와 옥졸에게 뇌물을 주고 뵈옵고자 들어왔습니다."

　"하아 그런가. 네 충심은 감격하나 옥중에 들어옴은 위험한 일이니 빨리 돌아가서 화를 입지 말아라."

　유상서는 옛날 노복이 자기 때문에 또 억울하게 죄에 연루(連累)될까 두려워하고 일렀으나, 노복은 다시 눈물을 흘리고,

　"제 급히 상경하여 대감께 뵈오러 온 일은 다름아니오라 유원수님 처실(妻室) 되시는 조소저의 글월을 올리기 위하여 왔습니다."

　유상서는 놀라서 반문하기를,

　"조소저는 어떤 낭자인데, 나에게 서신을 보냈느냐. 좌우간 그 서신이나 보여라."

　노복이 품에 깊이 간직하였던 조은하 낭자의 봉서를 꺼내더라. 두 팔이 결박된 유상서는 노복에게 편지를 펴서 들라고 하

고 여자 글씨의 사연을 읽더라.

'박명죄첩 조은하는 돈수백배(頓首百拜)[1]하옵고, 감히 한 장의 글월을 좌하에 올리옵나이다. 이 어린 죄첩이 어려서 외가에 갔삽다가 우연히 길에서 낭군을 만나 백학선을 주기로, 어린 마음에 귀히 여겨서 받았삽더니, 어찌 그것이 신물(神物)인 줄 알았겠습니까. 나이가 장성하여서 그 부채의 맹약서를 보옵고 굳이 절(節)을 지켜 왔삽더니, 저 최국양의 암해(暗害)로 자사(刺史)가 잡고자 하므로 부모와 망명도주하다가, 부모는 천리객지에서 억울하게 구몰(具沒)하셨습니다. 그 후로 저는 외롭고 약한 여자로서 망극하고 살아갈 가망이 없어서 부모의 뒤를 따라 죽고자 하였습니다마는 그러나 저마저 죽사오면 부모의 후사가 멸할 것을 깨달아 참고 지내옵던 바, 낭군의 소식을 알 길이 없사와 부득이 남자로 변복하고 유리표박(流離漂泊)[2]하옵다가, 천만의외에 망극하온 소식을 듣잡고 정신이 아득하와 낙망중에 있습니다. 이제 나아가 시부모님 전에 면목을 뵈옵고 낭군의 처소에서 함께 죽고자 하오나 존의(尊意)[3]를 알지 못하와 감히 글월로 고하옵나니 한번 만나 뵈옵도록 허락하시와 구천타일(九天他日)에 여한이 없게 하소서. 쓰기를 임하와 눈물이 앞을 가리우고 정신이 산란하와 대강 기록하나이다.'

유상서 부부가 편지 사연을 본 뒤에 은하 낭자의 가련한 정상에 여러 번 탄식하고 기절할 것 같더라.

"대감·마님 양위께서는 너무 슬퍼하지 마시고 귀체를 보중

---

1) 머리를 땅에 닿도록 굽혀서 절을 함.
2) 일정한 일과 직업이 없이 이리저리 떠돌아다님.
3) 남의 의견을 존대해 부르는 말.

하소서. 명천(明天)이 굽어살피심이 있사오니 후일에 다시 좋은 시절이 있을 것입니다."

"고맙다. 수고하였느니라. 너는 빨리 되돌아가서 조소저에게 전하되, 나는 명도(命道) 기구하여 한낱 자식을 두었다가 생전에 다시 보지 못하고, 부자가 남북에 갈려서 죽기에 이르렀는데, 이제 이처럼 위무해 주니, 그 뜻은 고마우나 이곳이 외인을 통하지 못하는 옥중이니 어찌하랴. 더구나 내가 기주 자사로 있을 때에 소저의 정행성덕을 알지 못하고 수월 동안을 옥중에서 참경을 당하게 하였는데, 이제 생각하니 참괴하여 마지않거니와, 나의 명이 언제 끊어질지 모르니 어찌 서로 만날 수가 있으랴. 소저는 나를 만나 볼 생각을 말고 길이 귀체를 보중하시라고 전갈하여라."

유상서는 긴 탄식을 하고 잠시 후에 다시 말하기를,

"내 몸이 옥중의 죄수가 되어서 지필(紙筆)이 없어 회답을 쓰지 못한다는 뜻도 네가 본 대로 전갈하라."

하고 입을 다물고 눈을 감으니, 노복은 옥중의 상서 부부를 하직하고 급히 돌아와서 은하 낭자에게 사실대로 전하였더니, 낭자가 그 소식을 듣고 눈물이 비 오듯 하여 미처 말을 하지 못하고, 잠을 이루지 못한 채 이튿날 일어나서 또 다시 곰곰이 생각하기를,

'이제 사부모의 존안을 뵈올 길이 없고 유원수의 사생조차 알지 못하니 장차 살아서 무엇하랴.'

하고 탄식하다가 다시 생각하기를,

'나의 팔자가 이같이 기박하고 무상(無常)하니, 세상에 있어도 소용이 없으니, 차라리 남경으로 가서 가군(家君)을 찾아서

함께 죽어서 혼백이나 의지함이 옳다.'

하고 결심하였으나, 착잡하게 동요하는 마음은 또다시 새로운 각오로 변하더라.

'요전에 주막 주인의 점괘가 유한림의 죽을 수도 그 처 되는 자가 힘써 구하면 요행으로 살 수 있다 하였으니, 이제 자원출전(自願出戰)하여 가군의 사생을 알아서, 만일 불행히 세상을 버렸으면 그 해골을 거두어 선산에 안장하고, 그 뒤를 좇아 혼백이나 서로 의지하자. 요행으로 살았으면 기필코 구해서 돌아오리라. 이런 중대한 이 시기를 내가 어찌 방 안에서 썩은 풀과 같이 헛되어 버릴소냐.'

하고 굳은 결심을 한 은하 낭자는 이튿날 그 고마운 시가댁 구복(舊僕)의 집을 떠나서 화성으로 올라갔으며, 여러 날 만에 황성에 이른 은하 낭자는 한 장의 긴 표문(表文)을 지어서 황제께 올리니, 때마침 만조백관의 조회(朝會)에 임하시고 있던 황제에게, 시신(侍臣)이 그 표문을 올렸으며, 황제가 좌우로 하여금 그 자리에서 표문을 읽으라고 분부하니라.

'패군지장(敗軍之將) 유백로의 처 조은하는 성황성공(誠惶誠恭) 돈수백배하옵고 일장표문(一章表文)을 용탑(龍塔) 아래 올리나이다. 대개 삼강오륜의 으뜸은 자식이 부모에게 효함이요, 신하가 임금님께 충성함이요, 계집이 지아비를 위하여 정렬함이라. 사람마다 행코자 하오나 실로 어려운 일이옵니다. 그러므로 효자지문(孝子之門)에서 충신과 열녀를 구하옵나니, 신(臣) 첩의 지아비 유백로는 충효의 자손이온데 어찌 폐하를 위하여 충성치 아니하오리까. 지아비 황명(皇命)을 받자와 만리 전장에 나아가서 강적과 더불어 접전하오매, 가달이 능히 대적하지 못하여 주년(周年)을 대치하였사오니, 만일 이 조정에 충량(忠良)이 있어서 군량을 수운(輸運)하는 응변(應辯)[1]을 잘하였으면, 3만 대병이 어찌 수변(水邊)에서 주려 죽었겠습니까. 이것은 결코 유백로 지용(智勇)이 부족함이 아니라, 조정에 난신적자(亂臣賊子)[2]가 있어서 도적의 예물을 받고 군량을 공급하지 아니하여 관군이 패하도록 하므로 3만 장병이 다 주려서 참패하였사오니 어찌 원통하지 아니하오리까. 유백로는 도적에게 잡혔으나 잔혹한 적진에서도 무릎을 꿇지 않는 충절을 지키며 죽기를 스스로 재촉한다 하오니, 정대중절(正大重節)이 아니겠습니까. 복원(伏願), 폐하는 유백로의 패전한 죄를 사(赦)하시면, 첩이 비록 여자이오나, 가달을 항복받고 지아비를 구하여 돌아오겠사오니 폐하께서 철기(鐵騎)를 주옵소서. 그러면 첩이 당당히 가달의 머리를 베어다가 용탑 아래 올리겠나이다.'

이 표문의 낭독이 끝나자 전상전하(殿上殿下)가 전부 대찬성하고, 황제가 그 상소문의 사리가 통달함을 매우 상쾌하게 여기시고 곧 조은하를 어전으로 부르니 조낭자가 어전으로 나아가서 황제를 뵈옵자 친히 자리를 권하시고 그 갸륵한 행동을 매우 사랑하시며 묻기를,

"네 지아비는 충신 맹장이지만, 3만 대병이 별안간에 전멸하고 도적에게 사로잡혀 갔는데, 너는 심규(深閨)의 여자로서 무슨 지략이 있기로 망령되이 나라를 희롱하여 감히 출전하겠다고 자원하느냐? 여자로서 지아비를 위하여 죽기는 떳떳한 일이지만, 어찌 이처럼 당돌하게 조정을 업신여기고 짐을 희롱하느

---

1) 그때그때 그 시기에 임해 적당히 일을 처리함.
2) 나라를 어지럽게 하는 신하와 임금이나 부모에게 불충불효하는 사람.

냐?"

　조낭자가 송구하게 엎드리면서 아뢰되,

　"자식이 부모에게 불순하니 큰 불효로, 신하가 임금을 속이면 역적이옵니다. 제가 감히 헛된 말씀으로 성상을 희롱하겠습니까? 폐하께서는 저를 한낱 여자라 하여 업신여기시거니와, 조그만 구멍을 뚫는 데는 가느다란 송곳이 가장 쓸모 있으며, 또 천 근의 무게를 아는 데는 가벼운 저울이 으뜸입니다. 폐하께서 만일 저의 충성된 각오를 믿지 못하시거든, 지금 이 자리에서 시험하셔서 기군(欺君)[1]하온 죄를 다스리소서."

　그러나 황제는 은하 낭자의 힘을 믿을 수 없어서, 좌우의 신하들을 돌아보면서 의논하셨다. 좌우의 신하들이 모두 낭자의 충절에 감격하고 어찌 임금을 속일까, 나라를 희롱하겠는가, 그 충성에 응하여 원대로 하여 줌이 옳다고 주장하였으나, 일개의 약한 여자를 대군의 지휘자로 파견하는 문제의 가부는 곧 결정하지 못하였으나 황제께서 말씀하시기를,

　"그 사람됨을 보아도 거짓말을 할 여자가 아니요, 충절이 장하니 마땅히 그 소원에 따라서 대원수를 봉하고 가달을 쳐서 멸망시키고 공을 세우도록 할까 하는데 제신의 생각은 어떠하오?"

　이 말씀에 여러 신하 중에서는 반대하는 자가 있었으니,

　"경망한 여자로서 이것은 자라를 속이려는 죄 이상으로 조정을 비방한 중대한 죄로 믿나이다. 조정에서는 천하의 호걸과 지용지사(智勇之士)가 가득히 있는데 어찌 일개 무명의 여자에게

---

　1) 임금을 속임.

병권(兵權)을 맡겨서 전장에서 보내오리까. 폐하께서 허망된 말을 들으시다가 대사를 그릇치면 후회막급일까 두려워하옵니다."

이에 힘을 얻은 승상 최국양은 더욱 강경한 반대를 하며 나서니,

"저 여자는 반드시 나라를 망치게 할 것이오니, 그 지아비 역시 자원하여 출전하였다가 대군을 함몰시키고, 나라의 위엄을 크게 손상시켰는데, 그 죄를 두려워함도 없이 여자가 또한 방자스럽게 출전을 자원하니 해괴한 행동이옵니다. 더구나 이 여자의 힘이 밥그릇을 들지 못할 약질인데, 어찌 무거운 갑옷을 입고 전장에서 활동하겠습니까. 망령된 여자가 감히 조정을 희롱하고 병권을 희롱하오니 마땅히 죄를 다스려 국내 민심을 진정하시옵소서."

조낭자가 최국양의 이 간악한 음해에 분연히 반대하고,

"폐하께서는 굽어살피소서. 제가 신하로서 어찌 나라를 망칠 사람이라고 모함합니까. 저의 위국지심(爲國之心)이 열녀의 뜻과 합한 정성이옵니다. 그런데 최승상은 어찌 대사를 돌아보지 않고 유백로를 음해할 목적으로 3만 장병으로 하여금 주려서 죽게 하고, 유백로를 도적에게 잡혀가게 하였습니까. 이것이야 말로 망국지죄로서, 지금 천하의 사람이 최승상의 불충에 이를 갈고 있으매 멀지 않아서 앙화를 받을 것입니다."

은하 낭자는 마침내 승상 최국양의 죄를 정면으로 폭로하여 황제와 충신들 앞에서 공격하였으며 황제가 마침내 최국양을 책하고,

"사람의 재주는 측량할 수 없는 법이며, 어찌 여자라 해서 그

예기(銳氣)[1]를 꺾어서 책망을 자청하오. 이제 저 여자를 시험하여서 과연 말과 같은 실력이 있다면, 국가에 다행이요 그 실력을 보기 전에 남녀 차별로 힘을 무시하고 수모하겠느뇨."

하고 황제는 친히 손자(孫子)와 오자(吳子)의 병서(兵書)를 내놓고 시험문답을 시작하시니, 조낭자의 대답은 흐르는 물같이 경쾌하게 막히는 점이 하나도 없더라.

"흠, 과연 병법에는 정통하구나. 그러한 실천에는 이론뿐 아니라 용맹스러운 힘과 무술이 필요하니, 그것도 시험해 보자."

하고 조낭자의 장수로서의 힘과 무술을 시험해 보겠다고 선언하시자 조낭자는 바라고 있었다는 듯이 이에 응하더라.

"황송하오나 폐하께서 차고 계신 칼을 잠시 빌려 주시옵소서."

"그래 어디 칼 쓰는 법을 보자."

하고 황제가 곧 허리에 찼던 칼을 끌러서 조낭자에게 주셨으니, 낭자는 그 어검(御劍)을 받아들고 옥계(玉階) 밑의 마당에서 칼을 휘둘러 춤을 추었으며, 그러다가 한마디 기합 소리와 함께 낭자의 몸은 공중으로 솟아올라서 자취가 사라지고, 하얀 배꽃만 어지럽게 떨어졌는데, 이윽고 낭자의 몸은 공중에서 내려오는 것이 보이는 순간, 마침 황극전(皇極殿) 추녀 끝에서 제비 한 마리가 앉아서 지저귀므로, 낭자는 공중에서 칼을 돌려서 제비의 목을 댕강 베어서 땅 위에 떨어뜨렸는데, 땅 위에서 높이가 10길 이상이나 되더라. 이런 낭자의 신기한 무술을 본 황제와 만조백관이 대경실색하더라. 땅 위에 내려온 조낭자는 대궐 앞

---

1) 성질이 굳세어 굽히지 않고 적극적으로 나아가려는 기세.

의 큰 섬돌을 가볍게 들어서 간악한 승상 최국양에게 벼락을 치려다가 그냥 버리고 황제 앞에 공손히 엎드리니, 황제가 경희(驚喜)[2]하는 눈으로 좌우를 둘러보고,

"이 낭자는 보통 인간이 아니라, 반드시 천신이라. 삼국 시대의 충용부인이라도 저 재주에는 미치지 못할 것이다."

하고 조은하 낭자를 칭찬하자, 좌우의 신하들이 황제에게 훌륭한 인재 얻음을 하례하여 마지않았으나, 오직 승상 최국양은 정신을 잃고 바보같이 앉아 있더라. 황제가 조낭자를 향하여,

"짐이 경의 재주가 그렇게까지 놀라운 줄을 몰랐더니 용맹과 무술이 이와 같으니, 도적 토벌을 어찌 걱정하리요."

하고 옥잔에 향주(香酒)를 부어서 손수 내려 주시니, 조낭자가 그 잔을 받아 마시자, 황제는 다시 황금 갑옷 한 벌과 옥화궁과 금비전을 주시고 정남대원수(征南大元帥)를 시키고, 3만 대병을 맡기시더라. 조낭자 어전에서 물러나오자 그 길로 교장(敎場)에 가서 군사를 기발(起發)하고, 곧 황제께 표(表)를 올려서 최국양의 단죄(斷罪)를 청하니, 이에 대하여 황제는 즉시로 비답(批答)[3]을 내리시기를,

'짐이 불명하여 눈앞에 도적을 두고 살피지 못하여, 애매한 유백로로 하여금 도적에게 욕을 당하게 하니, 짐이 어찌 불명을 뉘우치지 않으리요. 이제 최국양을 역률(逆律)로 다스릴 것이니, 경은 안심하고 빨리 출전하여 가달의 적군을 파하고 유백로를 구하여 돌아오라.'

조원수는 곧 대병을 거느리고 행군하여 남경으로 원정의 길

---

2) 뜻밖의 좋은 일에 몹시 놀라고 기뻐함.
3) 상소에 대한 임금의 하답.

을 떠나니, 행군의 당당한 진용은 검극(劍戟)이 삼열(森列)[1]하고 위의(威儀)가 엄숙하더라.

이때 황제가 최국양을 잡아다 엄준한 문초를 하시므로, 최국양은 세상이 다 알고 저주하는 죄상을 숨기지 못하고 전부 승복하더라. 황제가 크게 노하여 그의 일족을 전부 잡아서 옥에 가두고 조원수가 승전하고 돌아옴을 기다려서 처치하려던 차에, 조원수로부터 표문이 올라왔으니,

'남경의 인민들이 최국양의 죄악을 저주하면서 그의 고기를 먹고자 하니, 최국양의 두 자식을 잡아서 무사 수십 명으로 엄중히 압송하여 민심을 진동하시옵소서.'

화제는 조원수의 표문대로 최국양의 두 아들을 잡아서 남경으로 압송하였으며, 그들은 자기 아비의 죄로 남경에 가서 죽을 운명인 줄 알고, 울면서 끌려갔는데, 도중에서 그 광경을 보는 사람들은 모두 통쾌하게 여기더라.

이 무렵에 조원수는 위수(渭水) 물가에 진을 치고 상표(上表)의 회답을 기다리다가, 여러 날 만에 최국양의 두 아들이 압송되어 영문에 이르렀으므로, 조원수가 잡아들여서 형틀에 올려매고 볼기 80을 치고서 큰칼을 씌워서 가두고 도적을 멸한 후에 죽이기로 하였으나, 홀연히 검정구름이 하늘을 덮고 천지가 그믐밤같이 변하여 지척을 분별치 못하게 되더니, 무수히 억울하게 죽은 군대의 원혼들이 진중을 둘러싸고 아우성치기를,

'조원수는 우리 유원수의 충렬부인이시매, 우리가 비록 음음중(陰陰中)으로나마, 조원수를 도와서 도적을 파하게 하겠으나,

---

1) 촘촘하게 늘어서 있음.

조원수는 왜 그 역적을 살려두어서, 우리들의 굶어 죽은 원혼을
노엽게만 하고 위로하여 주시지 않습니까. 우리들은 굶어 죽은
뒤의 원혼조차 기갈이 심하오니, 최국양의 두 자식을 우리에게
내어주십시오. 그러면 우리들이 그놈들의 고기를 씹어 먹고 기
갈을 면할까 하옵니다.'
하고 귀신들의 곡성이 진동하므로 조원수와 진중의 장졸들이
모두 실색을 하여 최국양의 두 아들을 죽여서 물가에 버리고 귀
신들에게 맡겼다. 제물을 갖춘 뒤에 제문을 지어 원혼들을 위로
하자 비로소 먹장 같은 구름과 안개가 걷히고 햇빛이 다시 밝게
빛났으며, 조원수는 화제의 사자를 돌려보낼 적에 다시 상표하
여서 최국양의 두 자식을 죽인 사연을 주달하더라.

　그날 밤에 조원수는 막중(幕中)에서 병서를 읽다가 몸이 피곤
하여 잠깐 조는 사이에 꿈을 꾸니, 어떤 노인이 육환장(六環杖)
을 짚고 공중에서 내려오면서 조원수를 향하여,

　"낭자의 정렬이 기특하매 하늘이 감동하시니 이제 빨리 행군
하여 도적의 요새지(要塞地)를 점령하라. 그러면 도적을 파하게
될 것이니 때를 잃지 말고 공격해 들어가라."

　조원수가 놀라서 깨니 꿈결의 일이었다. 원수는 마음이 기뻐
서 천우신조를 믿고, 곧 군중에 명령을 내리기를,

　"우리 군사는 빨리 위수를 건너서 도적의 요새 진지를 빼앗
아서 적군을 혼란케 하라."
하고 외치며, 적전도하작전(敵前渡河作戰)[2]을 진두 지휘하였으
며, 이때 조원수는 친히 강물을 다스리는 용신(龍神)에게 제사

---

12) 적이 병력을 배치하고 있는 피안(彼岸)에 어려움을 무릅쓰고 상륙하는 진법.

지내고 비석을 세우고 맹약하는 글을 지어서 새겼으되,

'대명(大明) 정통 20여 년 임술 추칠월 35일에, 정남대원수 조은하는 위수용신(渭水龍神)께 맹약하나이다. 내 이제 소천(所天)[1]을 구하려고 철기 10만을 거느리고 가달을 치려 하오나, 가군이 살았으면 함께 이 물을 다시 건너오고, 불행히 적화를 입었으면 내 이 물 건너 오지 않으려 하오니, 천지신명은 굽어살피셔서 이 뜻을 이루게 하여주시옵소서.'

조원수는 이 맹약비(盟約碑)와 따로 위령비(慰靈碑)를 세우고 제문을 지어 삼군(三軍)의 원혼을 위한 제사를 올렸더라. 경건한 의식을 올린 뒤에, 위수를 건너서 가달이 점령한 지역 500리를 질풍같이 쳐 갔으며 그때 산천이 가장 험악하여 행군을 일단 멈추고 진세(陣勢)를 정비한 후에, 적진의 허실을 자세히 정찰하고 탐지한 바에 의하면 가달은 몽고와 친하고 구원병을 얻어왔으므로 장수가 1천 여 명이요, 군사가 수십만을 달한다는 놀라운 정보이므로, 적의 병력이 이렇게 강대하면 쉽게 파하지 못할 줄을 안 조원수는 큰 싸움을 하기 전에 유원수의 사생을 알아보기로 하여 우선 영리한 군졸을 적진에 밀파하여 염탐시켰더니, 사람에 따라서 죽었다는 말도 하고 살았다는 말도 하였으므로 조원수의 마음이 착란 초조하더라.

한편 가달은 명군을 대파하고 유원수를 사로잡아서 진중에 가두어 두고, 마음이 교만해져서 날마다 잔치로 주색을 즐기고 싸울 마음이 없어서 전선의 방비를 게을리하였으므로 사기가 저하하고 군율이 해이되어 있었으니, 이런 때에 명군이 갑자기

---

1) 아내가 남편을 일컫는 말.

위수를 건너서 본진(本陣)의 수리를 격하고 공격해 왔다는 정보를 듣고 깜짝 놀라서 장병들이 어찌할 바를 모르고 물 끓는 듯한 혼란에 빠져 버리더라.

조원수는 이러한 적진의 혼란을 살피고 이 기회에 총돌격할 태세를 갖추고, 봉장군 한영(韓英)을 불러서,

"장군은 500명 군대를 거느리고 적진 우편에 복병하였다가……"

이러이러한 작전을 하라 명하였고, 우익장군의 설만춘(薛滿春)에게는 3천 명의 군대로 위수 강변에 매복하였다가, 이리저리하여 도적을 막으라고 지시하였고, 아장(亞將) 한복(韓璞)에게는 2천 명을 거느리고 위수 좌편에 숨었다가 설만춘을 도우라고 지시하고, 정남장군(征南將軍) 주연(朱堧)에게는 2천 명으로 후림(後林) 숲 속에 매복하였다가 도적의 후퇴로를 끊으라고 지시한 다음에 후익장(後翼將) 이향(李珦)으로 하여금 2천 명을 거느리고 후림을 지나 토산(土山) 밑에 숨었다가 도적의 앞을 막아 싸우고, 충익장(充翼將) 이영(李榮)은 2천 명을 거느리고 호로곡(好露谷)에 매복하였다가 이러이러한 전투를 하라고 전군 장수에게 상세한 작전 명령을 하더라.

만반의 전투 준비를 완료한 조원수는 즉시 항복 권고의 격서(檄書)를 적진에 보냈으며, 이때 가달은 여러 장수와 작전 회의를 하고 있다가 명진(明陣)에서 격서가 왔으므로 급히 개봉하여 보니,

'천조(天朝) 대원수 대사마(大元帥大司馬) 도총대도독(都總大都督) 조은하는 반적(叛賊)에게 권하노라. 사람이 세상에 처함에 있어서 충효로 본을 삼는 인의예지(仁義禮智)가 으뜸이어늘,

너는 무도하게도 강포함을 믿고 천도를 범하니 그 죄가 어찌 적다 하겠느냐. 이제 나는 황명을 받자와 너를 토벌하려니와 네 목숨이 아깝거든 빨리 항서(降書)를 올려서 천조(天朝)를 침범한 죄를 속하라.'

가달은 적장 조원수가 보낸 항복 권고의 격서를 보고 분노 대신 호탕스럽게 웃어넘기고 제장을 분발시켰으며, 그는 즉시 전투 의욕을 강화하고, 마대영으로 선봉장을 삼고 자기는 후군이 되어서, 정병 10만을 동원하여 대전할 태세를 갖추더라. 이에 맞서는 조원수는 조영으로 선봉을 삼고 황한으로 후군을 삼고, 스스로 중군(中軍)이 되어서 역시 정병 10만을 지휘하고 공격을 개시하기에 앞서서 전날 밤에 단을 모으고 삼경(三更)에 원수 친히 단에 올라 황천후토(皇天後土)¹⁾께 제사하고 제문을 지어 올리기를,

'유세차(惟歲次) 모년 모월 모일 박명한 첩 조은하는 비박지주(菲薄之酒)²⁾로 천지신명께 고하옵니다. 첩이 국가의 대사와 가군의 원수로 말미암아 명일 도적과 접전을 하겠사오니, 명천과 성신은 첩의 정성을 살피시어 빨리 도적을 토벌하고 가군을 구하여 개가를 불러서, 천군의 장병이 함께 기뻐하도록 도와 주시기를 바라나이다.'

조원수가 기도를 마치고 제단에서 내려와 자리에 앉자마자, 문득 공중에서 한 명의 선녀가 학을 타고 내려와서 조원수와 말을 주고받았으나, 다른 사람들 눈에는 그 광경이 전연 보이지는 않았으며 선녀가 먼저 말하기를,

---

1) 하늘의 신과 땅의 신.
2) 얼마 되지 않아 변변치 못한 술.

"나는 위수용궁(渭水龍宮)에 있는 시녀이온데, 부인의 정렬(貞烈)이 구천(九天)에 사무쳐서 상제께옵서 우리 용궁에 하교하시기를 내일 싸움에 부인의 군대를 도우라 하셨으므로 왔사옵니다. 지금 원수가 가지고 계신 백학선은 선계(仙界)에 있던 보배이매, 싸움에 급한 일이 있을 때 진언(眞言)을 외면서 적진을 향하여 세 번 부치시오면 홀연히 오색구름이 일어나고 조화무궁할 것입니다. 동방을 향하여 부치면 뇌성벽력이 진동하고, 남방을 향하여 부치면 풍운이 크게 일고, 서방을 향하여 부치면 독수(毒獸)가 나타나고, 북방을 향하여 부치면 모진 빙설이 날리면서 하늘 위의 신장(神將)과 귀졸(鬼卒)이 내려와서 도울 것이옵니다. 이 신기한 조화를 명일 적군과 싸울 때에 적당히 활용하면 반드시 승전하실 것이옵니다. 그처럼 천지에 다시 없는 신기한 보배이오니 부디 명심하시기를 바라옵나이다."
하고 말한 선녀는 다시 진언을 가르쳐 주고 문득 사라지더라. 조원수가 크게 기뻐하면서 그날 밤이 새기를 초조하게 기다리더라.

이튿날 새벽이 되자 적진의 가달은 진문을 활짝 열고 방포일성(放砲一聲)[3]을 신호로 대군을 발동하여 진세를 떨치기 시작하기를, 마대영으로 선봉장을 삼고 군대를 10대(隊)로 벌였는데, 제1대는 굴통이요, 제2대는 용안이요, 제3대는 진영이요, 제4대는 병롱이요, 제5대는 양목이요, 제6대는 공철이요, 제7대는 양영이요, 제8대는 최한이요, 제9대는 양연이요, 제10대는 화연인데, 그들 장수는 각각 3만 명씩 군대를 거느리고 있었으며, 10

2) 군중(軍中)의 호령으로 총을 놓아 소리를 냄.

대의 초대장은 호국(胡國)의 제일 명장이었고, 가달은 스스로
중군이 되어서 명군과 대전하더라.

　가달은 조원수가 거느린 명나라의 군사가 적음을 업신여기고
단번에 쳐부수려고 깔보기에, 명군 진중에서도 응포일성(應砲一
聲)[1]으로 싸움을 맞았으며 황금 투구를 쓰고 백은 갑옷을 입고,
장창을 비껴 천리마를 타고 진전(陣前)에 나와서 호령하기를,

　"너희들의 장수는 빨리 나와서 항복하라."

　그 호령이 끝나기 전에 적진 중에서 선봉장 마대영이 황금 갑
옷에 황금 투구를 쓰고, 철퇴를 휘두르면서 천리마를 타고 나와
서 역시 명군을 향해서 질타하기를,

　"적장은 누구냐? 성명을 통하라."

　"나는 명나라 선봉장 조영이다. 너는 어떤 미친 도적인데 감
히 나와 싸워서 겨룰 것이냐."

　"나는 가달의 선봉장 마대영이다. 내가 들으니 명나라의 왕
이 무도하여 백성을 사랑하지 않는다 하므로 우리가 응천순인
(應天順人)[2]하여 군사를 일으켜서 명나라의 왕을 사로잡고 백성
을 도탄 속에서 건지려고 하는데, 그런데도 불구하고 네 감히
우리의 대병에 항거하여 죽기를 자원하느냐."

　명군의 선봉장 조영이 크게 노하여 적장을 꾸짖어 호통치기
를,

　"천시(天時)를 모르는 역적은 미친 호언장담을 하는구나. 우
리 황상께서는 성신문무(聖神文武)하셔서 백성을 사랑하시고 충
량을 예대(禮對)하시거늘 너는 어찌 미친 혀를 외람되이 놀려서

---

1) 저 편에 응해서 대포를 놓음.
2) 천의(天意)에 응하고 민의(民意)에 순종함.

죽기를 자취(自取)³⁾하느냐. 내 칼이 오늘 처음으로 싸움에 등장
하였으며, 네 머리를 베어서 칼을 시험하겠다."
하고 마대영을 향하여 공격하매 마대영 또한 도망하지 않고 맞
서 싸웠으니, 서로 치고 막고 하는 격전이 수십합(數十合)에 이
르렀으나 승부를 결하지 못하고 악전고투를 계속하고 있었으
매, 조원수는 대 위에 올라서 피아양장(彼我兩將)의 승부를 보
다가, 이영태를 명하여 나아가서 조영을 돕게 하더라. 이영태
곧 출마하여 적진으로 달려가서 조영을 도와서 적장 마대영을
공격하기 시작하자 적진의 가달도 또한 굴통을 보내서 마대영
을 응원시키니, 이영태와 굴통이 맞붙어 싸우게 되고 그 싸움이
30여 합에 이르렀으나 역시 승부를 결하지 못하더라.

이때 조원수는 또다시 양판에게 나아가서 돕게 하자, 가달도
역시 진영을 내보냈고, 이로써 피아의 여섯 장수가 어울려서 난
투를 하였으나 50여 합 해도 승부가 나지 않기로, 조원수가 진
상에서 바라보는 동안에 명군 세 장수가 적장에게 몰려서 사태
가 위태롭게 되었으며, 만일의 경우를 염려한 조원수는 징을 울
려서 휴전케 하고 일단 군대를 거두자 역시 피로한 적장들은 물
러가더라. 조영 등 세 장수가 본진에 돌아와서 조원수에게,

"원수는 왜 징을 쳐서 군대를 거두어 들였습니까?"
하고 불평스럽게 말하니,

"적장들의 싸우는 기세가 범상치 않은 장수라, 혹시 우리 장
수가 실수할까 염려되어서 군을 거두었으니 내일에 다시 계교
로써 도적의 장수를 잡기로 하자."

---

3) 잘하고 못하고 상관없이 자기 스스로 만들어서 됨.

하고 장수들을 위로하는 한편, 적장 마대영 등도 제 본진으로 돌아가서 보고하기를,

"소장 등이 거의 적장을 베이게 된 싸움이었는데 왜 징을 쳐서 싸움을 중단시켰습니까. 오늘의 울분을 내일 적장의 목을 베어서 풀겠습니다."

다음날이 밝기가 무섭게 명진에서 먼저 포성을 울리고 조영이 출전하며 적장의 이름을 부르고 싸움을 재촉하더라.

"적장 마대영아, 네가 아직도 겁나지 않거든 빨리 나와서 어제 미결한 승부를 결정짓자."

이에 응하는 마대영이 의기등등해서 곧 나와서 싸우려고 하였으매 가달이 마대영에게 당부하기를,

"그대는 부디 적을 깔보지 말고 조심하라."

마대영은 가달의 영을 듣고 빨리 싸움터로 나가서 적장을 꾸짖어 가로되,

"적장은 빨리 말에서 내려서 항복하라. 그러면 목숨을 살려주마."

조영이 크게 노하여 교봉(交鋒) 70여 합에 이르렀으나 역시 승부를 결하지 못하매, 두 장수는 더욱 분전하며 80여 합에 이르렀을 때, 마대영의 창법(槍法)은 더욱 왕성하고 조영의 창법은 좀 산란하니 조원수가 친히 진전에 나와서 적진을 향하여 질타하기를,

"반적 가달은 빨리 항복하라. 그렇지 않으면 너희들 장병이 한 놈도 살아서 돌아가진 못한다."

가달이 이에 크게 노하여, 천리 백마를 타고 진두에 나서니 조원수가 다시 꾸짖기를,

"우리 황상께서 성신문무하셔서 너를 저버리심이 없는데, 네
가 까닭없이 반역하여 천하를 요란케 하므로 황상이 나로 하여
금 너의 머리를 베어 가져오라 하시기로 내 여기까지 왔으니,
빨리 말을 내려서 항복하면 용서하거니와 그렇지 않으면 죽음
을 면하지 못하리라."

"허허, 네 말이 가소롭고도 괴이하도다. 천하는 어떤 특정한
인간의 천하가 아니고, 오덕(五德)[1]이 있는 자면 다스릴 천하이
니, 내 이제 하늘로부터 받고 명제(明帝)를 사로잡아 만인의 도
탄을 구하고자 하는데, 너 같은 놈이 무슨 망측한 말을 하느
냐?"

조원수가 이 말에 크게 노하여 친히 기를 흔들고 북을 치자,
사면에서 복병이 일시에 일어났고 좌익에는 한영의 부대요, 우
익에는 석진의 부대요, 동에는 설만춘의 부대요, 서에는 한복의
부대요, 남에는 주영의 부대요, 북에는 장윤의 부대인데, 그들
의 장병이 일시에 땅에서 솟은 듯이 분기해서 철통같이 포위하
고 가달을 향하여 화살을 빗발같이 집중사격하면서 공격하자,
함성이 천지를 진동시키고 징소리와 북소리는 적군을 혼비백산
케 하였으며, 가달이 아무리 포위를 뚫고 명군의 본진으로 충돌
해 들어가고자 하였으나 명군의 복병이 겹겹으로 그를 막으며,
공중에서는 선녀가 명군을 돕고 있으므로, 앞으로 나아갈 수도
없고 뒤로 물러날 수도 없게 되더라.

이때 조원수가 급격한 공격을 계속하다가 문득 공중을 바라
보니, 전날 꿈에 진언을 가르쳐 주던 선녀가 구름을 타고 적진

---

1) 병가(兵家)에서 중히 여기는 장군의 다섯 가지 덕. 즉 지혜(智)·믿음(信)·어짊(仁)·
용기(勇)·엄함(嚴).

을 향하여 작법하고 있었고, 조원수는 이때 문득 생각이 나서 백학선을 들어 사방으로 부쳤더니, 그 순간에 큰 광풍이 일어서 벽력이 진동하고 모진 빙설과 무수한 신장(神將)이 적진을 향하여 몰려들었으므로 말미암아 살벌의 함성이 천지를 뒤흔들었고, 이 하늘이 돕는 기적의 맹위(猛威)에는 가달의 80만 대병과 1천 여 명의 맹장도 당하지 못함을 깨닫고 일시에 말에서 내려 땅에 엎드리고 살려달라고 애원하는 소리가 땅에 가득하니, 이미 인력을 필요하지 않게 된 명군의 장병은 적군의 장병이 참패하고 항복 애원하는 광경을 구경만 하고 있었다.

적장 마대영이 정신이 아찔해서 말에서 떨어지자 명나라 군대가 일시에 달려들어서 사면에서 급히 몰아치자, 가달이 더 대항하기를 단념하고 항복하기를 애걸하므로, 이때 조영이 달려가서 가달을 사로잡아서 명나라 본진으로 돌아오니 80만의 적군이 전부 항복하더라.

조원수는 본진으로 돌아와서 장대(將臺)[1] 위에 높이 앉고 무사를 시켜서 가달과 마 대영을 영문 밖에 내다가 목을 베이라고 명하므로 가달이 슬프게 울면서,

"원수께서 목숨만 살려 주시면 개과천선(改過遷善)[2]하오리다."

하고 옷자락을 뜯어서 혈서로 맹세하니, 조원수는 불쌍히 여기고 항서를 받고 용서해 보내면서 유원수의 사생을 바른대로 알리라고 명하였더니,

"유원수는 본진 영창(營倉)에 가두었으니 사람을 보내어 급히

---

1) 성(城) · 보(堡) · 둔(屯) · 수(戍) 등의 동서에 쌓아 올린 장수의 지휘대.
2) 지나간 허물을 고치고 착하게 됨.

모셔 오십시오."

가달의 말을 듣고 기뻐한 조원수는 곧 부장을 보내어 유원수를 모셔 오라고 급히 명하니, 유원수는 이런 줄도 모르고 적진 중에 갇혀서 자기의 불우한 운명을 탄식만 하고 있더라.

"내 죽어도 아깝지 않으나 부모를 다시 못 뵈오니 죽은들 어찌 눈을 감으랴."

하고 눈물로 세월을 보내니, 하루는 뜻밖에 1명의 소년대장이 천병만마를 헤치고 들어와서 유원수를 모시러 왔다고 고하므로,

"그대가 누구인데 나를 어디로 가자는 거냐?"

"가시면 자연 아십니다."

하고 소년 장수는 말을 타라고 권하여 명군 본진으로 인도해 돌아왔으며, 조원수가 영문 밖에 나와서 맞아 예하고 유원수를 보니, 안색이 초췌하였으나 복색이 명나라 풍습이라 슬픈 중에도 반기면서,

"장군이 충신의 자손으로서 그처럼 사경에 이르렀으나, 승패는 병가상사(兵家常事)[3]니 한번 패함을 한하지 말고 고국에 돌아가서 반갑게 뵈입시오."

유원수에게 이렇게 위로한 조원수는 가달을 쾌히 용서하더라.

"천만다행으로 유원수가 생종하였으므로, 너희들의 모든 사죄(死罪)를 사면하니 앞으로는 결코 명나라에 반심을 품지 말라."

---

3) 전쟁에서 이기고 지는 것은 보통 있는 일.

모두 죽을 줄만 알고 떨고 있던 가달의 80만 장졸이 백배 치하하더라. 조원수는 3천 군병에게 명하여 가달과 마대영의 두 괴수(魁首)만 황성으로 압송하였는데, 승전한 첩서(捷書)와 적의 항서도 함께 표주(表奏)하더라.

조원수는 첩서를 황제께 올리고, 유원수와 함께 개선의 길을 떠나서 황성으로 돌아오고 있는데, 하루는 해가 저물어서 행군을 멈추고 고성(古城)에서 크게 잔치를 열고 승전한 장병들이 마음껏 즐겼으나, 유원수만 즐기는 빛이 없고 수색이 만면하여 묻는 말이나 겨우 대답하고 있으므로 조원수가 조용히 대하여,

"장군은 이제 사지(死地)를 벗어나서 고국에 돌아가서 존당을 모시고 처자를 만나서 즐거운 날을 맞으실 텐데 왜 그렇게 수심에 잠겨 계십니까?"

유원수가 눈물을 흘리면서 힘없이 말하기를,

"소장이 불충불효하여 부모를 봉양하지 못하고, 임금을 섬기는 몸으로 패군지장(敗軍之將)이 되었으니 무슨 면목으로 세상에 용납되겠소. 그래서 스스로 죽으려고 결심한 바도 여러 번 있었으나, 천행으로 조원수의 은혜로 잔명을 보존하고 돌아가지만 앞으로 반드시 패전한 죄를 받아야 하겠으니 오늘밤 잔치에 무슨 흥취가 나겠소. 소장은 아직 성혼(成婚)하지 않았으니 세상에 나서 음양이치를 모르고 억울하게 패전의 죄로 죽을 것이니 어찌 안색이 슬프지 않겠소!"

"장군의 벼슬이 태경(太卿)에 있고, 귀체가 장성하였는데 왜 취처(娶妻)하지 않으십니까?"

조원수의 물음에 대하여 유원수는 묵묵히 대답을 않고 있으니 조원수가 다시 묻기를,

"이번에 서주를 지나다가 장군의 비문을 보았는데 조명을 받고 전장으로 행하면서 어찌 아녀자를 연연히 생각하고 사정(私情)에 마음이 끌렸습니까? 그런 것으로 보면 장군은 그 여자를 위한 일도 아니요, 국가를 위한 일도 아니었으니 어찌 패전하지 않았겠소? 그 여자에게 마음이 그처럼 간절하였으면 처음에 성명과 거주를 자세히 물어 두거나 그렇지 않으면 아예 백학선을 주지 말 것이지 무슨 일을 그렇게도 경솔히 하였던가요? 내가 풍문에 들으니 그 여자는 백학선을 얻은 뒤에 낭군의 백년맹약의 뜻을 알고는 타문은 염두에 두지 않고, 백학선을 증거로 남자를 찾아 사방으로 유리하다가, 천리 객지에서 부모의 구몰(俱沒)을 당하고 시녀 두 명과 갖은 고생을 하면서 촌촌(寸寸) 전진하여 양자강에 이르러서 가군의 패전 소식을 들었더랍니다. 실망한 그 여자는 그곳에서 유서를 쓰고 두 명의 시녀와 함께 세 몸을 강물에 던져서 세상을 하직하였으니 그 얼마나 참혹한 일입니까?"

유원수는 이 말을 듣고 탄식 끝에 기절하므로 조원수가 수족을 주물러서 구호한 지 오랜만에야 정신을 돌리고 인사를 올렸으므로 조원수가 위로하기를,

"일이 이렇게까지 되었으니 누구를 원망하겠소?"

"내가 과연 잘못하였지만 그런 사연을 조원수가 어떻게 아시오?"

하고 눈물을 흘리므로, 조원수가 위로하고 비로소 전후의 사실을 알리고 그 증거로 백학선을 내보이니, 유원수가 일희일비하며 조원수의 고운 손을 잡고 통곡하며 말하기를,

"그대 연약한 규중의 여자로 상장(上將)이 되어서 내 목숨을

살려 주었소.”

하고 뜨거운 눈물을 흘렸으며, 조원수 역시 슬픈 희포를 금하지
못하더라. 이리하여 그날, 유원수는 뜻밖의 조은하 낭자와 상봉
하여 기쁨을 이기지 못하였으나, 그 후로는 세상의 이목을 피하
기 위하여 처소를 각각 따로 하였고, 조원수는 그 전에 원통하
게 죽은 3만 명의 장병을 위하여 성대한 위령제를 지내고, 선봉
장 조영에게 명하여,

“장군은 대군을 거느리고 먼저 황성으로 향하라. 나는 뒤따
라 가리라.”

하고 친히 수병(手兵) 3만을 거느리고 유원수와 함께 행군하여
기주 땅에 이르러서, 부모 선영에 성묘하자 이 지방의 백성들이
놀라며 이구동성으로,

“전에 백학선 때문에 옥중에 갇혔던 사람은 남자가 아니고
여자였는데, 그 여자가 자진출전하여 낭군을 구원하고 만리전
선에서 소원성취하고 개선하였으니 천고에 드문 미담이다.”

하고 구경 겸하여 환영하는 사람이 길을 메워 모여들었고, 조원
수는 본고장 하황현에 돌아와서 친척을 찾아보고 그 전에 겪은
일을 말하고 서로 슬퍼하더라. 고향 땅을 떠나서 주막 주인으로
서 조낭자의 전도 길흉을 점쳐 주고 수양부모가 되어서 보호해
주던 선생을 찾아서 많은 금은으로 은혜를 갚고, 여러 날 묵으
며 휴양하더라.

다시 행군하여 서주에 와서는 유원수 댁의 창두였던 늙은 구
복(舊僕)을 찾아서 천금의 상을 주고 일로(一路) 황성으로 향하
더라.

이때 사자(使者)가 황성으로 돌아와서 조원수의 표문을 황제

께 올리자, 황제가 급히 표문을 펴 보니,

'정남대원수 조은하는 성황성공(誠惶誠恭) 돈수백배하옵고
폐하 용탑하에 올리나이다. 신(臣) 첩이 성상의 지우지은(至隅
至恩)을 입사와 적장 마대영을 사로잡고 가달을 항복받아 패군
장 유백로를 구하였사오니 종사(宗社)[1]의 복인가 하나이다. 신
첩이 경사로 개선하여 용탑에 절하고 아뢰옴이 일시가 바쁘오
나 3만 대군의 원혼도 위로하옵고, 부모 분묘에 곡배(哭拜)하온
후에 곧 복명하겠나이다.'

황제가 조원수의 표문을 다 읽고서 감격한 나머지 손으로 용
상을 치고 칭찬하더라.

"기재(奇哉)로다, 선재(善哉)로다. 고금에 이런 기특한 여자가
있으랴!"

하고 3만 명의 군사를 원사(怨死)시킨 죄를 중히 여기신 황제는
최국양을 저자[2]에 끌어내다가 허리를 잘라 죽이고, 유상서 부
부를 즉시 석방하여 그전 벼슬을 복직시키더라.

이렇게 하여 조원수가 유원수와 함께 곧 황성으로 개선하여
돌아오는 도정(道程)이 시시각각으로 조정에 보고되었고, 황제
가 크게 기뻐하고 유상서와 문무중신을 어전에 불러 놓고 그 공
을 의론하시기를,

"일개 여자로서 대적을 파하고 지아비를 구하였으니 이런 충
절이 어디 있으리요."

이윽고 원수의 행군이 성 밖에 도착하고 성지(聖旨)를 기다린
다고 아뢰어 왔으므로, 황제가 친히 성밖까지 행차하여 조원수

---

1) 종묘와 사직, 곧 나라의 복조(福祚)를 가리키는 말.
2) 시장거리.

의 개선을 맞아들이니, 백성의 환호 소리가 천지를 진동하더라.

황제가 황극전에서 용상에 높이 앉으시고, 가달과 마 대영을 전하(殿下)에 꿇리고 엄숙히 꾸짖기를,

"너는 대대로 왕위(王位)를 누려서 천은이 망극하거늘, 네 감히 반심을 일으켜서 천병(天兵)을 함몰시키고, 천도(天道)를 만모(慢侮)[1]한 죄 마땅히 만사(萬死)하여도 마땅하다. 일시가 지루하다."

하고, 참하라고 하명하니 이때 유원수와 조원수가 엎드려 가로되,

"황공하게 바라옵건대, 가달을 사(赦)하사 덕으로 감화케 하소서."

황제가 오랫동안 조용히 생각하신 끝에,

"경들의 어진 마음으로 역적까지 살리고자 하니 짐이 경들의 인현(仁賢)함을 아름답게 여기노라."

하고 다시 가달과 마대영을 훈계하시되,

"너희들을 마땅히 죽일 것이로되, 두 원수의 어진 마음의 덕택으로 목숨을 살려 준다. 금후에는 만심을 두지 말고 더욱 충성을 다하라."

가달은 백배사은하고 마대영과 더불어 본국으로 가더라.

이날 황제는 두 원수의 공로를 표창하여, 유백로에게는 연왕(燕王)을 봉하시고, 조은하에게는 정렬충의 왕비를 봉하셨는데, 황제가 손수 수훈(授勳)하셨고 성대한 잔치를 베풀어서 나라의 경사를 축사하고 두 원수의 공로를 위로하더라.

---

1) 오만한 태도로 남을 업신여김.

이에 이어서 연왕의 길일(吉日)이 되자, 황제께서 친히 연왕비(燕王妃)의 혼사를 주장하셨는데, 봉황전(鳳凰殿)에 대연(大宴)을 배설하고 황후는 옥용상에 앉아서 일품 상궁에게 명하여 조낭자에게 왕후의 복색으로 신부단장을 시켜서 습례(襲禮)하니, 그 자태가 더욱 절승하더라. 육궁(六宮)[2]이 비빈과 제왕공주들이 절찬하였으며, 황후가 기뻐하시고 신랑 연왕인 유백로를 기다리더라.

이날 신랑인 연왕은 본부(本府)로 돌아와서 부모를 뵈옵고 혼구를 성비하고 봉황전으로 들어갈 제, 그의 뒤에는 조정의 요직이 따르고 풍악이 울려서 위의가 융성하였으며, 옥골홍안(玉骨紅顔)으로 신부와 교배(交拜)한 뒤에 연왕이 눈을 들어 보니, 조낭자 머리에는 쌍봉관(雙鳳管)을 쓰고, 몸에 홍라상(紅羅裳)을 더하고는 명월패를 찼으니, 진정 미와 덕을 갖춘 일국의 왕모 모습이더라.

교배를 마치고 황제 양 폐하께 사은하고, 하직할 때에 황후가 충렬비의 옥수를 잡고 친 공주를 하가(下嫁)[3]시키는 듯이 기뻐하시었고, 충렬비가 혼행의 덩에 오르매 연왕이 인도하여 궐문을 나와 부중으로 와서 부모께 폐백을 드렸으며, 유상서 부부가 기뻐서 어쩔 줄을 모르고 서로 맞은 자부(子婦)의 손을 잡고 그 거룩한 덕을 칭찬하여 마지않더라.

화촉을 밝힌 첫날밤에 신랑 연왕이 신부 충렬비와 더불어 운우락(雲雨樂)[4]을 이루니 그 정이 산같이 높고 바다같이 깊었으

---

2) 중궁의 궁중에서 황후의 궁전과 부인 이하의 다섯 궁실.
3) 공주나 옹주가 시집감.
4) 남자와 여자가 육적으로 서로 어울리는 모양.

며, 그 후로 연왕 부부가 부모 모시는 효성이 지극하므로, 유상서 부부는 노후에 이런 영화를 보리라고 생각지 못하다가, 마침내 조은하 낭자의 현부(賢婦)의 덕으로 마침내 연국태상왕(燕國太上王)이 되어 복록이 면면하매 신민이 흠선하여 마지않더라.

세월이 여러 해 흐르자, 연왕 슬하에 3자 1녀를 낳아서 곱게 성장하였으니, 장자로 세자(世子)를 봉하고 차자는 영웅의 기상이라 출장입상(出將入相)하고 동정서벌(東征西伐)하여 벼슬이 승상에 이르매 복록이 일세에 진동하였으며, 3자는 학행이 고명하고 공명을 헌신짝 보듯 하여 세상을 버린 한가한 사람이 되어서 소요자락(逍遙自樂)하니, 역시 당시 고사(高士)로 존경을 받더라.

연왕이 부모를 모시고 늦도록 효성을 다하여 봉양하다가 복수(福壽) 90으로 부모가 구몰하자 초종(初終)[1]을 왕례로 장사지내고 삼상(三喪)을 극진히 마치더라.

연왕 부부는 80여 년을 해로동주(偕老同住)[2]하다가, 하루는 망월루(望月樓)에 올라서 술잔을 기울이며 달구경을 하고 있을 때 문득 공중으로부터 선동(仙童) 선녀가 내려와서,

"저희들은 옥황상제 안전에 모셔 있는 시동·시녀이옵니다. 이제 상제의 명을 받자와 전하를 하늘로 모시러 왔사오니 빨리 가시기 바랍니다."

하고 옥교(玉轎)를 내려놓고 타기를 권하므로 왕이 아들 셋을 불러 놓고,

"오늘 옥황상제께서 우리를 부르시니 세상 인연이 다하고 상

---

1) 초상이 난 뒤로부터 졸곡까지를 일컬음.
2) 생사를 같이하는 부부의 사랑의 맹세를 가리키는 말.

계로 올라가게 되었으며, 사람의 목숨에 한도가 있으니 슬프도
다. 오늘 너희들이 있는 이 세상을 떠남이 슬프기는 하지만 어
찌하랴. 너희들은 앞으로도 나라에 충성을 다하고, 친척간에 화
목하여 조선(祖先)의 유풍을 손상치 말라.”

아들들에게 유언을 마친 연왕은 부인을 돌아보고 권하기를,

“시간을 늦추고 있을 수 없으니 비(妃)도 나와 함께 갑시다.”

연왕 부부가 하늘에서 보낸 옥가마에 오르니, 선동·선녀가
공손히 시위(侍衛)하고 하늘의 구름을 헤치고 올라갈 때 멀리서
부르는 듯한 옥저 소리만 은은히 들렸고, 지상에서는 연왕의 자
녀들이 슬퍼서 울고 있었으나 그 광경을 본 사람들은 모두 신선
이 되어서 승천한 연왕 부부의 덕을 칭송하고 천상에서의 영화
로운 영생을 치하하여 마지않더라.

그 후 연왕이 남기고 간 3자 1녀의 자손이 계계승승(繼繼承承)
하여 대대로 공업(功業)이 그치지 않았으므로, 그 부귀영화의
번영함은 이루 기록하지 못할 정도더라.

최국양은 일신 혼사로 인한 혐의와 사원(私怨)으로 무죄한 사
람을 음해하다가, 하늘의 살피심이 밝아서 벌을 받아 집이 망하
고 두 아들을 보존하지 못하며, 몸이 주륙(誅戮)을 당하였으니
이 역시 가련하지 아니하리요.

그와 연왕 부부를 비교한다면 어찌 현우(賢愚)와 선악(善惡)
의 보응(報應)이 두렵지 않으랴. 후세의 사람이 이 사실을 보고
서 충효와 인의를 힘써 절부(節婦)의 효행을 본받아야 할 것이
다. 연왕 부부의 사적이 너무도 신기하기로 대강 기록하여 후세
에 전하는 바이다.

작품 해설

조선 시대의 애정 소설로, 지은이와 집필 연대는 알려져 있지 않다. 이 작품은 청나라의 의협 소설인 〈아녀영웅전(兒女英雄傳)〉을 모방했다고 한다.

중국 명나라 때를 배경으로 한 이 소설은 주인공인 백로가 우연히 만난 은하와 가연을 맺고 가보인 백학선을 주지만 이 백학선을 탐내는 사람의 압력으로 두 사람은 고생을 겪은 뒤 끝내는 은하가 백로를 구출하고 평화로운 가정을 이룩하여 화락하게 살게 되었다는 내용을 담고 있다.

이 소설은 남녀 주인공의 애정에 초점을 맞추었다. 특히 혼인에 있어서 주인공들의 뜻이 존중되고, 전쟁터에 나가는 것도 충효가 아닌 애인을 찾기 위함이라는 점은 눈여겨볼 만하다. 이처럼 이 소설은 진보적인 사상을 지니고 있다. 이를 통해 볼 때 조선 후기에 쓰여진 것이 아닌가 여겨진다.

다만 이 소설 역시 우연성과 전기성을 벗어나지 못했으며, 표현 또한 그렇다. 이 소설의 지은이는 남녀 주인공이 각각 고행 끝에 서로 애인을 찾는다는 것을 주제로 한 것 같은데 애정 소설의 주제성을 충분히 표현하지 못해 평범한 작품에 머문 것은 안타까운 일이다.

〈백학선전〉의 목판본으로 경판본과 완판본의 두 종류가 있고, 해방 이후에 활자본으로 발행되었다.

┃구 인 환┃

서울대학교 사범대학 국어교육과 졸업
서울대학교 대학원 국어국문과 수료(문학 박사)
서울대학교 사범대학 교수
국어국문학회 대표이사 및
한국소설가협회 이사
문학과문학교육연구소 소장
서울대학교 명예교수

판 권
본 사
소 유

우리 고전 다시 읽기

운영전

초판 1 쇄 발행 2003년 3월 25일
초판 14 쇄 발행 2018년 4월 13일

엮 은 이 구 인 환
펴 낸 이 신 원 영
펴 낸 곳 (주)신원문화사

주   소 서울시 구로구 가마산로 27길 14 (신원빌딩 10층)
전   화 3664-2131~4
팩   스 3664-2130

출판등록 1976년 9월 16일 제5-68호

＊ 잘못된 책은 바꾸어 드립니다.

ISBN 89-359-1098-8 03810